KB059172

생애최초주택구입 표류기

ⓒ 강병진, 2020

이 책의 저작권은 저자에게 있습니다.
저작권법에 의해 보호를 받는 저작물이므로
저자의 허락 없이 무단 전재와 복제를 금합니다.

생애최초주택구입 표류기

2년마다 이사하지 않을 자유를 얻기 위하여

강병진 지음

북라이프

생애최초주택구입 표류기

1판 1쇄 발행   2020년 7월 8일
1판 2쇄 발행   2020년 8월 14일

지은이 | 강병진
발행인 | 홍영태
발행처 | 북라이프
등 록 | 제313−2011−96호(2011년 3월 24일)
주 소 | 03991 서울시 마포구 월드컵북로6길 3 이노베이스빌딩 7층
전 화 | (02)338−9449
팩 스 | (02)338−6543
e−Mail | bb@businessbooks.co.kr
홈페이지 | http://www.businessbooks.co.kr
블로그 | http://blog.naver.com/booklife1
페이스북 | thebooklife
ISBN 979−11−88850−92−1   03810

* 잘못된 책은 구입하신 서점에서 바꾸어 드립니다.
* 책값은 뒤표지에 있습니다.
* 비즈니스북스는 독자 여러분의 소중한 아이디어와 원고 투고를 기다리고 있습니다.
  원고가 있으신 분은 bb@businessbooks.co.kr로 간단한 개요와 취지, 연락처 등을 보내 주세요.
* 북라이프는 (주)비즈니스북스의 임프린트입니다.
* 비즈니스북스에 대한 더 많은 정보가 필요하신 분은 홈페이지를 방문해 주시기 바랍니다.

당신이 그 집을 선택한
이유는 과거에 있다

2018년 7월, 재산세 고지서를 받았다. 갑근세도 내고 주민세도 내고 자동차세도 내 봤지만 재산세 고지서는 처음이었다. 서울시 세금 납부 애플리케이션인 'STAX'에 뜬 재산세는 10만 580원. 자동차세를 내고 받은 마일리지 '500'을 써서 10만 80원을 냈다. 재산세는 7월과 9월에 나눠서 내니까, 그해 나에게 부과된 재산세는 총 20만 1160원이다.

2019년 7월에도 재산세 고지서를 받았다. 1년 후 부과된 세금은 9월 세금과 합쳐 총 21만 840원이었다. 1년 사이 약 1만 원의 재산세가 늘었다는 건, 그만큼 공시 지가도 상승했다는 의미다. 하지만 재산세 규모를 보면 알겠듯이 내가 가진 재산이란 공시 지가를 논할 만큼 대단한 게 아니다. 서울시 은평구 구산동에 위치한 방 두 칸에 화장실 하나 그리고 거실이 딸린 작은 빌라일 뿐이다.

"그럼 이제 자기도 기득권인 거야."

재산세 고지서가 처음 날아왔을 때, 여자 친구는 이렇게 말했다. 그 말에 피식 웃었다. 그도 나도 내 재산에 '기득권'이란 말을 붙이는 게 자조적인 유머라는 걸 알고 있다. 그래도 재산은 재산이라고 (혼자) 생각한다. 여전히 수많은 사람이 서울에 집 하나 얻는 걸 인생 최대의 과제로 여긴다. 돈이 많아서 대출 없이 집을 살 수 있다면 다행이지만, 대부분은 집을 사기 위해 은행에서 돈을 빌리고, 은행은 그들 덕분에 이자 수익으로 사상 최대 실적을 달성하고 있다.

그럼에도 안심한다. 대출 이자만 꼬박꼬박 낼 수 있다면 누가 나를 이 집에서 내보내는 일은 없을 거란 안심, 혹은 나도 번듯한 재산 하나를 가졌다는 뿌듯함. 하지만 방 두 칸짜리 빌라를 빚을 내고 사서 재산세도 내고 대출 이자도 내는 내가 가진 '기득권'이란 전자의 경우도 후자의 경우도 아니다.

◇

2020년 현재 전 세계는 격리 중이다. '코로나19'란 이름의 신종 코로나 바이러스는 사람들을 격리했다. 감염된 사람은 병원에, 감염이 의심되는 사람은 집에, 감염이 무서운 사람은 마스크 뒤에서 격리 중이다.

사람들은 각자의 방식으로 이 시간을 견디고 있다. 어떤 이들은 운동을 하고 어떤 이들은 넷플릭스를 본다. 식물을 가꾸며 자연과 호흡하는 사람도 있다. 수많은 해외 뉴스를 재빠르게 접하는 직업을 가졌던 나는 수많은 자가 격리 이야기에서 그들이 사는 집에 종종 눈길이 가곤 했다. 집의 형태에 따라 자가 격리 방식도 달랐기 때문이다.

뉴욕의 한 사진작가는 격리 도중 주변 건물의 옥상에서 춤을 추는 여성을 보고 드론을 날려 연락처를 주고받았다. 만약 이 남성이 주변 건물이 내려다보일 만큼 높은 건물에 살지 않았다면, 이 여성이 살고 있는 집 옥상이 한국의 아파트처럼 잠겨 있었다면 그 사랑은 이뤄지지 못했을 것이다. 그런가 하면

이탈리아 사람들은 베란다에 나와 건너편 건물 사람들과 함께 노래하고 음악을 연주했다. 과연 한국에서도 이런 상황이 가능할까 궁금했다. 한국의 아파트는 함께 악기를 연주하기에는 그 간격이 너무 멀고, 최근의 아파트들은 발코니 확장으로 점점 발코니가 없어지는 추세다.

미국 콜로라도주 매니투스프링스시에서 자가 격리 중인 71세의 할머니는 이웃집 강아지 골든 레트리버를 통해 음식과 생필품을 배달받았다고 한다. 견주는 감염 가능성이 희박한 동물을 통해 이웃을 도와준 것인데, 이 또한 주거 형태의 차이를 생각하게 했다. 한국에서 '이웃사촌'이란 말이 사라진 지 오래되기도 했지만, 아무리 똑똑한 강아지라도 아파트와 빌라의 공동 현관 비밀번호를 누를 수는 없을 테니까.

나는 외신이 전해 온 미담을 보고 들으며 마당은 커녕 베란다도 없고 거실도 없고 심지어 창문도 없는 사람들의 자가 격리는 어떤 풍경일지 궁금했다.

지금 나는 열 평짜리 원룸 오피스텔에 살고 있다. 만약 내가 자가 격리자로 분류됐다면, 나는 그나마 이 오피스텔이 열 평인 것을 다행으로 여기며 창밖만 바라보고 있었을 것이다. 열여섯 평짜리 투룸 빌라에 살고 있는 내 어머니는 어떠셨을까. 그나마 집이 낮지 않아 하늘도 보이고, 그 집 거실 창밖으로 또 다른 건물이 아닌 나무들이 보여 다행이다. 어머니가 자가 격리 통보를 받았다면, 그 또한 이 상황을 다행스럽게 생각하셨겠지.

하지만 8년 전 우리 가족은 빛이 잘 들어오지 않는 반지하 집에 살았다. 18년 전 우리 가족은 화장실을 공유하는 잠만 자는 방에 살았고, 다시 그로부터 10년도 더 된 28년 전에는 여섯 가구가 하나의 화장실을 나눠 쓰는 다세대 주택에 살았다. 지금의 나에게 자가 격리는 출근하지 않을 자유를 주었지만 8년 전, 18년 전, 28년 전 나였다면 이 상황은 곧 창살 없는 감옥과도 다름없었을 것이다.

코로나19는 일상의 소중함을 깨닫게 만든 동시에 내가 살았던 집과 주거 형태에 대해 다시금 떠올리게 하는 계기가 되었다. 동시에 크지는 않아도 적당한 나와 어머니만의 공간을 미리 마련해 두었던 것에 진심으로 안도하기도 했다.

3년 전의 내가 선견지명이 있어 좀 더 나은 집을 찾아다녔던 것은 아니다. 나의 목적은 단순히 '자유'에 있었다. 나는 혼자 살고 싶었다. 자가 소유가 아니더라도 전셋집이든 월셋집이든 혼자 살 집이 필요했다. 화려한 싱글 생활을 원한 건 아니었지만, 혼자만의 공간에 내가 원하는 것들만 채워 넣고 싶었다. 그런데 나에게도 내 집이 없었지만, 일흔이 넘은 어머니에게도 아직 어머니의 집이 없었다.

어머니에게도 어머니만의 집이 필요했다. 평생을 이사만 다니며 살아온 그에게는 더더욱 누군가가 자신을 내보내는 일이 없을 거라는 '안심'이 필요했다. 그의 안심은 곧 나의 안심이었고, 그가 어디에라도 발붙이고 편히 살 수 있다면 내가 이사 다니는 것쯤이야 괜찮았다. 나의 공간을 구할 것. 그리고 어머니가 안심할 수 있는 공간을 구할 것. 나의 '자유'와 어머니의 '안심'을 충족시키기 위해 해결해야 하는 중요 미션이었다. 결국 나는 월세 계약으로 나의 오피스텔을 얻었고, 대출 계약으로 어머니를 위한 내 명의의 빌라를 샀다.

◇

《생애최초주택구입 표류기》는 바로 그 미션을 수행하며 겪었던 모험담이다. '모험'으로 규정한 이유는 내가 집을 선택하고 구입하는 과정에서 수많은 갈등과 의심, 위기가 있었기 때문이다. 그동안 모은 돈과 대출금을 합쳐 집을 사는 건 만만한 일이 아니었다. 누군가는 '빌라 하나 사는 게 뭐 그리 힘든 일이냐'라고 할지도 모른다. 돈이 많으면 2층짜리 저택을 사든 펜트하우스를 사든 무슨 걱정이 있겠는가. 그런데 10년간 직장 생활을 하며 모은 돈과 가족이 지켜 온 전 재산에 은행에서 대출받은 돈까지 모두 짜내서 집을 사야 하는 사람의 입장은 다르다.

나는 이 집을 사고도 후회하지 않을 수 있을까? 지인들은 내 집에 대해 어떻게 생각할까? 내가 업자들에게 속아 집을 비싸게 산 건 아닐까? 나는 내 생활을 어느 정도까지 영위하면서 대출금을 갚을 수 있을까? 이런 질문을 끊임없이 내게 던졌다.

부동산 중개인, 신축 빌라를 지어 파는 업자들, 그 사이를 중개하는 또 다른 업자들의 미소는 나를 끊임없이 의심하게 만들었다. 그중에서도 가장 힘들었던 건 내 선택에 대한 주위 사람들의 애정 어린 조언 혹은 의심과 싸우는 일이었다. 그들은 왜 이런 집을 사려고 하느냐 물었고, 나는 이 집을 살 수밖에 없었던 논리를 끊임없이 만들어 내야 했다.

솔직히 나는 지금도 미래의 내가 과거의 선택을 후회하지는 않을까 불안하다. 그렇지만 지금보다 더 나은 집을 갈망한다는 의미는 아니다. 단지 내가 가진 재산을 잃고 싶지 않을 뿐이다. 고층 건물 발코니에서 내려다보는 아름다운 한강, 단독주택의 넓은 베란다에 앉아 즐기는 여유 같은 건 보통 불가능할 테니까.

서점에는 수많은 부동산 관련 책이 있다. 그 가운데 방 두 칸짜리 빌라를, 게다가 투자도 아닌 실거주를 생각하는 사람을 대상으로 하는 책은 없다. 대부분 빌라를 거주지로 보지 않을 뿐만 아니라 좋은 투자 대상으로 생각하지 않아서다. 그나마 빌라를 투자 대상으로 보고 있다면 대상 독자를 '어딘가에 이미 살고 있는 사람'으로 규정하고 있다. 여윳돈을 굴려 차익을 얻기 위해 투자를 고민하는 사람들 말이다. 그런 부분에서 아쉽게도 이 글은 '과연 빌라가 돈을 벌어다 줄 것인가'를 고민하는 사람들에게는 도움이 되지 않을 것이다. 나는 돈을 벌기 위해 집을 산 게 아니기 때문이다.

적당한 수준의 '주담대'(주택담보대출)로 '편세권'(편의점과 역세권을 합친 합성어)의 작은 집 하나 정도를 얻으려고 하는 사람에게는 공감의 글이 될 수도 있다. '영끌'(영혼까지 끌어모은 대출)해서 '초품아'(초등학교를 품은 아파트)를 사는 대신 적당한 대출로 이사하지 않을 자유와 조금은 여유로운 삶을 누리려는 사람은 동질감을 느낄 수도 있겠다.

전자의 경우라면 앞으로의 인생을 안달복달하며 살고 싶지 않은 사람일 것이고, 후자의 경우라면 철이 없다는 말을 들어 봤을지도 모른다. 후자에 가까운 나 역시 현실 감각이 떨어지고 철이 없는 편이다. 그래서 이 글에 담긴 웃픈 경험들을 했던 것 같다.

1979년생인 나는 직장 생활을 시작한 지 10년이 넘은 후에 집에 대한 고민을 시작했다. 하지만 지금의 사회 초년생이 나와 같은 고민을 해야 한다면, 그 무게는 훨씬 더 무거울 것이다. 그래도 나이 마흔이 되어서야 이런 고민을 시작한 철없는 사람도 있다고 생각하면 어떨까. 조금이라도 일찍 고민을 시작한다면 나와 내 어머니가 그토록 바랐던 자유와 안심을 나보다 조금 일찍 찾을 수 있지 않을까. 이 책이 많은 사람에게 그런 고민의 시작이 되기를 바란다.

차례

제1부
이제는 나 혼자 살아야 했다

제3부
서울에서 2년마다 이사하지 않을 자유

제1부

이제는 나 혼자

살아야 했다

—

제1장

아니, 저는 집을 나와
혼자 살고 싶다니까요

직장이 있는 어른에게 독립은 그리 어려운 결정이 아니지만

나에게는 엄청난 용기가 필요한 일이었다.

고백하건대 용기보다는 돈이 필요했다.

아버지의 턴전
그리고 나의 독립

아버지는 종교인이었다. 그렇다고 목사님이거나 신부님인 건 아니고, 물론 스님도 아니다. 아버지는 평생 운전을 했다. 통신기업의 공사 차량, 신문사의 취재 차량, 택시 등을 몰았다. 동시에 자신의 종교에 크게 심취했다. 매일 차에서 기도했고, 자신이 믿는 종교의 연설을 들으며 운전했다. 자신과 다른 종교를 믿는 친척들이 차에 타고 있어도 여지없이 종교 연설 테이프를 틀었다. 역시 운전대의 권력!

매일 밤 잠들기 전에도 종교 관련 서적을 읽었는데, 읽기만 한 게 아니라 모았다. 아주 많이 모았다. 아버지는 가져온 책을 책장에 꽂을 때마다 내게 말했다. "너도 이 책을 읽고, 나중에 네가 자식을 낳으면 그 애도 읽고……. 그렇게 우리 집 가보로 물릴 거야." 아버지의 말은 절대 농담처럼 들리지 않았다. 무서 웠다.

지금 생각해 보면 아버지는 종교인이자 일명 '덕후'였다. 당신의 종교관에 대해서는 지금도 이해할 수 없다. 하지만 영화를 좋아하다가 영화 전문지 기자로 일했던 나는 아버지를 덕후로서는 이해할 수 있었다.

덕후인 아버지는 아이돌 가수 팬들이 해외 공연까지 원정을 떠나는 것처럼, 자신이 믿는 종교의 행사는 그곳이 어디든 따라다녔다. 아이돌 팬이라면 각종 굿즈와 음반을 사 모으듯, 나의 아버지 또한 그러했던 것뿐이다. 오디오 기기 애호가 중 일부는 집을 팔고 전세를 살면서 몇천만 원짜리 진공관 스피커를 들여놓기도 한다. 그 정도까지는 아니었지만 이렇게라도 생각해야 그나마 아버지의 행동을 이해하기 쉬웠다. 선택한 굿즈가 책 정도라서 다행이었다. 당신에게 더 많은 돈이 있었다면, 취향이 더 다양했다면, 훨씬 더 많은 종류의 굿즈를 사모았을지도 모른다.

아버지는 자신이 모은 종교 서적들을 가지런히 진열하고

싶어 했다. 이 또한 덕후라면 당연한 욕구다. 어디선가 방 한쪽 벽을 다 차지할 만큼 거대한 원목 책꽂이를 얻어 오더니, 그곳에 그동안 모은 책들을 채워 넣었다. 진열하는 방법에는 당신만 아는 계통과 순서가 있었다. 아버지는 그렇게 배열된 책들을 보고 기쁨과 희열을 느꼈을 것이고, 집에 찾아온 손님들에게 자신의 컬렉션을 보여 줄 수 있다는 사실에 만족감을 느꼈을 것이다.

◇

하지만 그 책꽂이는 비좁은 집에 비해 커도 너무 컸다. 우리 가족이 사는 집은 갈수록 좁아지다가 때론 넓어졌고 다시 좁아지기를 반복했지만, 아버지는 그럴 때도 책과 책꽂이를 버리지 않았다. 그러다 나는 아주 좁은 방에서 그 책꽂이와 함께 살기도 했다. 대각선으로 누워야 간신히 몸을 펴고 팔다리를 쭉 뻗을 수 있는 그 좁디좁은 방에서 여러 가지 상상을 했다. 아버지가 안 계실 때 이 책들을 내다 버리면 어떤 일이 벌어질까? 아이고…….

아버지에게 맞는 건 두렵지 않았다. 평소 손찌검을 하는 분이라 인이 박였다는 뜻이 아니다. 아버지는 매를 든 적이 없는 분이다. 칠순을 바라보는 분한테 맞아 봐야 얼마나 아프겠나. 단지 자신이 아끼는 물건을 누군가가 버린다면, 그 사람이 아들이라도 충분히 때릴 수 있겠다는 생각이 들었던 거다.

아버지에게는 한참 못 미쳤지만, 나도 나름 '덕후'로 살았다. 모으는 게 많았다. 각종 영화 잡지들, 영화 전단지들, 카세트테이프들……. 더 어렸을 때는 《TV 가이드》 같은 잡지도 모았다. 하지만 30년 가까이 자신의 책을 품고 살았던 아버지와 달리 나는 주거 적정 공간을 확보하기 위해서라도 정기적으로 과감하게 버리고 살았다.

아깝다고 생각될 땐 좋아했던 기사들을 따로 스크랩하기도 했다. 카세트테이프도 가사집만 따로 보관했다. 물론 언제든 인터넷으로 원하는 걸 찾을 수 있는 시대가 되었다는 것도 한몫했다. 하지만 아버지의 세상에는 인터넷이 없었고, 무엇보다 아버지에게는 두려움이란 게 없었다. 가족들이 불편할 수도 있다는 두려움.

방이 여러 개 있는 조금 더 큰 집으로 이사를 가자 아버지는 자신만의 서재를 만들어 그곳에 책을 쌓았다. 그 방은 자신의 덕력을 마음껏 과시할 수 있는 유일한 공간이었지만 나에게는 던전에 불과했다. 언젠가는 없애 버리고 싶은 괴물들이 가득 모여 있는 곳. 결국에는 괴물들을 모두 없애 버렸다. 그 시점이 그리 좋지는 않았지만.

2007년, 아버지는 심근경색으로 응급실에 실려 갔다. 스탠스 시술 후에는 예전보다 건강을 챙겼지만, 1년 후 위암 말기 판정까지 받았다. 다행히 아버지는 어머니의 헌신적인 간병 덕분에 힘든 시간을 잘 견뎠다. 종교의 힘도 컸을 거다. 투병 기간 동안 아버지가 할 수 있는 유일한 일 역시 종교 관련 서적을 읽는 거였으니까. 한때는 가족들과 여행을 다니거나, 어머니를 차에 태우고 이곳저곳을 돌아다닐 만큼 건강이 좋아졌지만 위암 판정을 받은 지 4년 후, 아버지는 결국 세상을 떠났다.

아버지의 장례식이 끝나고 어머니의 지친 몸과 마음이 회복될 때쯤, 나는 집 정리를 시작했다. 아버지가 남긴 물건 중에서 간직할 것과 버릴 것을 선택했다. 아버지의 양복 한 벌, 아버지가 운전할 때 쓰던 레이밴 선글라스, 매형이 아버지에게 사 드렸던 자동차까지 내 것이 되었다.(그 차를 관리하기 위해 20대 때도 따지 않은 운전면허를 서른다섯 살이 되어 땄다.) 그리고 아버지의 책, 아버지가 대대손손 물려주겠다고 했던 그 책들은 기증했다. 수백 권의 책을 집 밖으로 빼내느라 온몸이 땀으로 흠뻑 젖었지만 하나도 힘들지 않았다. 책을 트럭에 모두 싣자 꼭 산 정상에 오른 듯한 기분이 들었다. 사실 기증은 허울에 불과했다. 그렇게 나는 아버지의 던전을 내 손으로 없앴다.

◇

나의 공간이자 좀 더 나은 공간에 대한 열망이 생긴 건 그때부터였던 것 같다. 아버지에게는 죄송스러운 일이지만 30년 가까이 집 한 켠을 차지하고 있던 책들을 내보냈을 때 쾌감을 느꼈다. 책으로 가득했던 아버지의 방은 알고 보니 정말 넓었지만, 3개월 후 어머니와 나는 그 집을 떠났다. 전세 5000만 원의 반지하 집은 아버지의 책을 버리는 것만으로는 만족할 수 없는 곳이었으니까. 그렇게 어머니와 나는 처음으로 거실다운 거실이 있는 집에 살게 되었다.

나는 될 수 있는 한 필요 없는 것들을 버리며 살았다. 그렇게 여유로워진 공간에는 내가 좋아하는 것들을 진열하려 했다. 사회인 야구를 하면서 하나씩 사 모은 글러브와 배트, '스타워즈' 레고들, 이렇게 저렇게 모은 DVD와 게임 타이틀과 소소한 피규어들……. 하지만 나는 그마저도 내 공간에 마음대로 진열할 수 없었다. 어머니와 내가 사는 그 집은 동시에 누나와 매형, 조카가 자주 찾아오는 집이었기 때문이다.

한번은 여자 친구가 미국에서 사다 준 피규어를 조카가 가지고 노는 걸 보고, 깜짝 놀라 서둘러 챙긴 적이 있다. 장난감이 한창 좋을 나이의 조카 마음과 행동은 충분히 이해하지만, 그보다 내가 더 걱정스러웠던 건 조카가 그 피규어가 마음에 들어 손에서 놓지 않을 경우였다. 이 나라에서 '아 주라'는 부산 사직 구장을 넘어 전국에서 통용되는 관행이니 말이다. 그 이후로 글러브와 배트를 자동차 트렁크에 보관하고, 조립한 레고와 피규어를 창고에 두었다. 조카에게 나는 그냥 회사나 다니고 영화나 보는 그런 재미없는 삼촌처럼 비쳐야 했다.(사실 삼촌의 레고는 네 것보다 비싼 게 많아.)

진열하고 싶은 물건을 마음껏 진열하고 살았던 아버지와 달리 나는 그 마음을 참으면서 나만의 공간을 꿈꿨다. '적어도 방 두 칸에 거실이 있는 집이면 좋겠다. 하나는 침실, 다른 하나는 옷방 겸 창고로 사용하고, 거실은 전부 내가 좋아하는 것들로 채워야지.' 아버지의 던전처럼 나에게 소중한 것들을 나만의 계통과 순서로 진열할 수 있는 공간, 그렇게 내가 사랑하고 아끼는 것들과 함께하는 공간 말이다. 다른 사람은 몰라도 30년을 덕후로 살아온 아버지는 분명 이런 아들을 이해하실 거다.

하지만 '독립'에 대한 꿈은 열렬했다가 식었다가 다시 열렬해지곤 했다. 직장이 있는 어른에게 독립은 그리 어려운 결정이 아니지만 나에게는 엄청난 용기가 필요한 일이었다. 고백하건대 용기보다는 돈이 필요했다. 돈 걱정만큼 혼자 살게 될 어머니도 걱정됐다. 그렇게 나는 출가를 미루고 있었고, 어느덧 진짜로 마흔에 가까워져 있었다.

한 가족이
두 집 월세 내는 선택을 했다

2017년 2월의 어느 날, 나는 독립을 결심했다. 어머니와 함께 살던 집에서 나와 혼자 살아야겠다고 마음먹었다. 그때 우리는 방 세 칸에 화장실 두 개, 주방과 거실이 분리되어 있고 앞뒤로 넓은 베란다가 있는 빌라에 살았다. 보증금 8000만 원에 월세 30만 원짜리 반전세였다. 월세는 매형이 내주었고, 나는 어머니에게 매달 40만 원씩 생활비를 드렸다. 매형은 월세 외에도 생활비까지 신경 써 주었는데, 그 도움 덕분에 내 부담은 그리 크지 않았다. 그럼에도 나는 집을 나가고 싶었다.

대부분의 마흔 살 남성은 이런 결정을 하지 않는다. 결혼을 했거나 이미 독립된 자기만의 공간이 있을 것이고, 뒤늦게 이런 결정을 했다 하더라도 분명 집을 구매하려고 했을 거다. 조금 늦게 취업에 성공했다 하더라도 연봉이 그리 높지 않더라도 10년의 직장 생활에 착실히 저축까지 했다면 자가 주택을 꿈꿀 수 있는 최소한의 밑천은 갖고 있을 것이다.

그러나 나는 월세를 내고 사는 결정을 할 수밖에 없었다. 이유는 뻔했다. 돈이 없었다. 모아 놓은 돈이 있었지만 대부분은 어머니와 함께 사는 집의 보증금으로 보탰기 때문이다. 나에게 남은 돈은 2000만 원가량으로 월셋집 보증금 정도만 낼 수 있었다. 대부분의 사람이라면 이런 상황에서 독립을 결정하기보다 어머니와 함께 한집에 살면서 불필요한 소비를 최소화해 더 많은 돈을 모으려 할 것이다. 하지만 나는 미래에 쌓일 돈보다 당장의 편안함이 시급했다.

◇

독립을 결심한 이유는 크게 세 가지였다. 나는 출근하지 않는 주말에는 자고 싶은 만큼 자고 싶었다. 스마트폰의 알람이나 TV 소리가 아닌 내 방을 밝게 비추는 따사로운 햇빛에 눈을 뜨고 싶었다. 하지만 어머니와 함께 산다면……. 이뤄 내기 쉽지 않은 작은 소망이다. 평일이든 주말이든 어머니가 아침 일찍 일어나 밥을 짓고 집을 청소하며 내는 부산스러운 소리는 나의 잠을 깨웠다. 그런데 그 소리가 나를 위한 소리다 보니 항의를 할 수도 없는 노릇이었다.

어떤 때에는 누나 식구들이 금요일 저녁부터 일요일까지 시간을 보내다 갔다. 누나 가족 입장에서는 그렇게 어머니와 시간을 보내는 게 좋은 일이라고 생각했을 테지만, 나에게는 그렇지 않았다. 아직 초등학교도 안 들어간 조카는 아침잠도 없는지, 어머니와 거의 같은 시간에 일어나 TV를 틀고 거실을 뛰어다녔다.

독립을 결심한 이유가 꼭 늦잠 때문만은 아니다. 5일 동안 출퇴근을 반복하는 직장인에게 주말은 그나마 집에 붙어 있을 수 있는 시간이다. 조용히 시간을 보내면서 책도 읽고 글도 쓰고 싶었다. 하지만 가족이 있으면 그럴 수가 없다. 가족들이 거실에서 나누는 대화 소리가 방문을 넘어 들어오고, 누군가의 통화 내용이 들리고, 조카의 발자국 소리가 들린다. 그래서 나는 주말 아침마다 잠에서 덜 깬 채 허겁지겁 식사를 한 후, 밖에 나가 카페를 전전했다.

내가 사는 집에 내 가족이 오는 일을 마뜩잖아하는 내 모습이 싫은 적도 있었다. 사람이 뭐 다 이러고 사는 건데 내가 너무 유별난 걸까? 사춘기도 10대도 아니고 가족들을 피해 다니는 건 좀 우습지 않나? 그런 생각을 했지만 그래도 피하면서 살았다.

독립을 결심한 또 다른 이유는 부산에 살며 종종 서울로 출장을 오는 여자 친구 때문이었다. 결혼을 했다면 우리만의 공간이 있었겠지만, 그럴 여건이 되지 않자 그의 출장비에 서로 조금씩 돈을 보태 호텔로 갔다. 호텔이라 해서 무조건 좋기만 한 게 아니다. 여자 친구는 큰 가방에 옷가지와 소지품들을 챙겨 와야 했고, 우리는 그 가방과 함께 데이트를 했다. 밖에서 음식을 사 먹는 것도 그리 즐겁기만 한 일은 아니었다.

혼자 산다면 그럴 필요가 없을 것만 같았다. 호텔 숙박비도 아끼고, 밥도 해 먹을 수 있고, 여자 친구는 내 공간에 짐을 보관할 수 있고. 집에서 뒹굴며 넷플릭스와 왓챠만 보는 것도 얼마나 안락한 연애인가. 나의 독립은 분명 우리의 관계를 더 좋게 만들어 줄 것이라고 생각했다. 그리고 이제 내 나이 마흔이었다. 남은 날이 길어야 60년인데, 하루라도 젊을 때 내가 살고 싶은 대로 살고 싶었다. 나이 마흔은 한창 가족의 간섭이 싫은 나이니까.

독립을 하고 싶은 이유는 차고 넘쳤지만, 독립을 가로막는 장벽은 단순했다. 어머니와 내가 살던 집은 같은 해 여름에 계약 종료였고, 집주인은 집을 팔 거라고 했다. 내가 독립을 해 혼자 산다면 어머니에게도 혼자 살 수 있는 어떤 공간이 있어야 했다. 그러면 그 집도 월세를 내야겠지? 나는 내 공간과 어머니의 공간, 두 집 살림에 월세를 낸다는 게 낭비라는 걸 알면서도 나름 합리적으로 계산하려 애썼다.

지금처럼 매형이 월세나 생활비 등 경제적 도움을 주고 내가 생활비를 드리면 되지 않을까? 그리고 내 월세는 주말마다 여기저기 돌아다니면서 썼던 돈, 여자 친구가 서울에 올 때마다 썼던 호텔비와 외식비 등을 아끼면 충당되지 않을까?

그렇게 쓴 돈이 얼마나 되겠냐고 할지 모르겠다. 그런데 일단 밖에 나가면 카페만 가는 게 아니다. 카페에서 커피를 마시며 책을 읽다가 배가 고프면 밥을 사 먹는다. 그리고 다시 카페에 가거나 서점에 들려 책 구경을 한다. 그 정도로 하고 집에 돌아가면 좋겠지만, 아직 집에는 누나네 가족이 있다. 그러면 이곳저곳 전화를 돌려 본다. 그렇게 약속이 잡히면 술까지 마시게 되는데, 내가 불러냈으니 술값은 내 몫일 때가 많았다. 아버지가 돌아가시고 나서, 누나는 더 자주 우리 집을 찾았고, 그때부터 나는 주말마다 떠돌이 생활을 해야 했다.

◇

그런저런 계산을 마친 후, 어머니에게 나가 살겠다고 운을 뗐다. 2년 전에도 독립 의사를 밝혔지만, 그때 어머니는 별 이야기를 하지 않는 것으로 반대의 뜻을 내비쳤다. 이번엔 의외로 덤덤했다. 나는 좀 비겁하게 여자 친구를 언급했는데, 어머니는 여자 친구와 함께 있을 공간이 필요하다는 말에 어쩔 수 없다고 생각하신 것 같다. 심지어 그동안 모아 놓은 돈이 조금 있다고까지 말하며, 보증금에 보태 줄 테니 싼 집 말고 좀 괜찮은 집으로 찾으라고 했다.

어머니 입장에서는 아들이 애인과 함께 있으면서 아기라도 빨리 갖기를 원했을지도 모른다. 대부분 어머니가 그렇듯이 나의 어머니도 아들의 결혼을 원했으니까. 자신이 더 늙기 전에 아이를 낳으라는 말을 자주 했고 맡아서 키워 주겠다는, 나로서는 거부할 수도 없고 거부할 이유도 없는 제안까지 하셨다. 어머니는 나의 독립이 그 기회의 발판이라고 생각했을 거다. 하지만 나는 어머니의 덤덤함과 쿨함에 약간 당황했다.

그때부터 내가 한 선택이 과연 옳은가 의심하기 시작했다. 무엇보다 나에게는 독립하고 싶은 이유가 차고 넘쳤지만 적절한 명분이 없었던 것이다. 결혼해서 집을 나가는 것도 아니고, 그냥 가족이 불편해서 나가는 것으로 보일 게 뻔했다. 나이 든 어머니를 혼자 살게 한다는 비난이 누나 가족과 친척들로부터 향할 것만 같았다.

무엇보다 이 계획은 경제적인 사람이라면 말이 안 되는 계산이었다. 한 가족이 매달 두 번의 월세를 낸다니……. '월세는 돈을 버리는 것이라서 월세 내는 사람은 돈을 모을 수 없다'는 유구한 이치에 내가 논리적으로 대응할 수 있는 말은 없었다.

"돈을 모으기는 힘들지만, 내가 행복하잖아요!"

이렇게 말하면 아직도 철이 없다고 하겠지. 가족에 대한 책임감도 없고, 뻔히 형편을 알면서 허세만 부린다고도 할 것이다. 나에게 쏟아질 온갖 비난의 말을 상상하면서 마음이 심란

했다. 하지만 어디까지나 '잠시'였다. 나는 스마트폰에 부동산 중개 애플리케이션을 있는 대로 설치했다. 나의 허세 아닌 허세를 채워 줄 공간들이 가득했다.

　나이 마흔은 다른 이의 눈치를 보며 살기에는 억울한 나이니까.

내가 은평구를
벗어나지 못한 이유

오랫동안 같이 일한 선배 K는 10년 가까이 회사 근처에서 살고 있다. 친구 L은 논현동에 사는데, 그가 일하는 곳도 논현동에 있다. 지금은 동네 친구인 S도 한때 합정동에서 일하며 합정동에서 살았다. 그들의 공통점이 있다면 모두 집을 나와 독립했다는 것이다. 선배 K와 친구 S는 부산에서 태어났지만 대학 진학과 취업 때문에 서울로 올라왔고, 친구 L은 경기도 하남에서 어머니와 살다가 서울로 이사 왔다. 이처럼 연고가 없는 곳에 새 보금자리를 마련하는 사람들은 자신의 일터와 가까운 동네를 선택하는 게 일반적이다.

나도 그렇게 생각했다. 독립을 고민하던 당시 나는 마포구 공덕동에 있는 회사에 다녔다. 공덕동은 은평구에 비해 보증금도 월세도 비싼데, 그래도 나는 이곳에서 내 공간을 찾아보려 했다. 여기에도 나름대로 계산이 있었다. 월세가 비싸지만 비싼 만큼 아낄 수 있는 돈도 있다. 일단 회사와 가까우니까 출퇴근 교통비를 아낄 수 있었다. 1일 왕복 지하철 요금은 2500원. 평일로만 따져도 한 달에 5만 원이다.

좀 더 부지런하다면 집에 잠깐 들려 점심을 해결해 점심값도 아낄 수 있었다. 공덕동 일대에서 점심 식사에 드는 비용은 대략 많게는 1만 원, 적게는 8000원이다. 점심 식사 비용을 평균 9000원으로 잡고 계산하면, 한 달에 18만 원을 쓴다고 볼 수 있다. 그렇게 된다면 월세가 비싼 대신 교통비와 점심값을 합친 20만 원 이상의 돈을 아낄 수 있었다. 하지만 결국 나는 공덕동을 포기하고, 은평구 일대에서 내 공간을 찾기로 했다.

◇

어머니가 새로운 보금자리를 찾는다면 그곳도 은평구 일대여야만 했다. 현재는 구산동에 살고 있지만, 이전에는 갈현동과 불광동에 살았다. 나는 대학 시절을 강원도 춘천에서 보냈고 군 생활은 화천에서 했으며 잠시 일산에서 자취한 적도 있지만, 어머니는 '은평구'라는 동네를 벗어날 일이 없었다. 이곳에서 직장 생활을 시작했고, 직접 가게를 운영하기도 했으며, 오랫동안 종교 활동도 이어 나갔다. 1947년생 여성이 35년에 걸쳐 쌓은 커뮤니티가 모두 이 동네에 있었다. 어머니 나이에 새로운 커뮤니티를 찾는 건 가혹한 일이었다.

나아가 결혼 47년 만에 처음 혼자 사는 상황이 되었다. 자식들과 잠시 떨어져 산 적은 있지만 그때는 아버지가 옆에 계셨다. 누나가 결혼한 후에는 나와 아버지, 어머니가 함께 살았고, 아버지가 돌아가신 후에는 내가 어머니와 쭉 함께 살았다. 그런 당신이 이제는 아들과도 떨어져 살아야 했다. 여러모로 걱정이 되어 이왕이면 내가 어머니와 가까운 곳에 사는 게 좋겠다고 생각했다. 아주 가깝지는 않아도 유사시에 바로 출동할 수 있는 곳은 역시 은평구 일대였다.

솔직히 나한테도 이 동네가 편했다. 30대 초반이었다면 새로운 곳에서의 생활을 원했을지도 모르겠다. 하지만 나 역시 은평구에서만 35년 가까이 살았고, 어느새 어머니처럼 익숙한 동네를 벗어나고 싶지 않은 나이가 되었다.

영화 〈강남 1970〉에는 이런 장면이 나온다. 권력의 수뇌부들이 헬기를 타고 서울을 둘러보며 제2의 서울이 될 지역을 논의한다. 그중 누군가가 물었다. "어제 보신 연신내 쪽은 어떻습니까?" 이 질문에 대한 대답을 듣는 순간, 내가 지난 긴 시간을 연신내에서 살았던 이유를 명확히 알 수 있었다.

"북의 도발도 생각해야지. 아무래도 땅값 올리려면 포
사선 끝 밖이 낫지 않겠어?"

당시 북한 포사선의 사정거리 안에 들었던 연신내는 강남처럼 개발되지 않았다. 그래서 집세가 싼 편이었고, 이 동네가 만만했던 우리 가족은 지금에 이르도록 터를 잡고 쭉 살게 된 것이다. 은평구 일대에서 살았던 그 긴 시간 동안 나의 동선은 항상 연신내가 중심이었다. 연신내 일대의 많은 도로와 골목을 건너다니며 초등학교, 중학교, 고등학교를 졸업했다. 어린 시절에도 혼자 돌아다니는 걸 좋아했던 터라 골목골목 안 누벼 본 곳이 없었다. 성인이 된 후에는 (사실 그 전부터) 연신내에서 친구들과 만나 어울렸다.

연신내는 북한 포사선 안쪽에 위치한 곳인 만큼 그 주변에

군부대가 꽤 있다. 그곳에서 휴가나 외박 나온 군인들, 연신내 일대의 고등학교에 다니는 학생들, 북한산성을 오고 가다 연신내를 지나치는 사람들 그리고 은평구에 사는 사람들이 이 동네의 상권을 형성한다.

주말이면 등산객들이 연신내역 6번 출구의 첫 블록을 중심으로 삼삼오오 모여 산에서 받은 정기를 동력 삼아 술을 마신다. 그들의 자식뻘 되는 청소년들은 바로 그다음 블록인 먹자골목에서 떡볶이 등 군것질을 하거나 옷이나 신발, 액세서리 등을 구경한다. 그들의 언니 오빠뻘 되는 사람들은 '로데오 거리'로 불리는 그다음 블록에서 커피를 마시거나 고기를 굽거나 맥주를 마신다. 그리고 연신내에서 오래 살았던 어르신들은 연신내역 2번 출구의 연서 시장으로 모인다. 부침개, 족발, 임연수어 등 계통이 없는 안주와 막걸리를 파는 상점이 즐비한 이곳은 김치전 한 장, 제육 한 접시, 막걸리 두 병을 먹고도 2만 원 안팎이 나올 정도로 가격이 저렴하다.

그 모든 길에서 놀고 먹고 마셨던 나는 이제 그 길이 아닌 먹자골목의 건너편에서 주로 먹고 마신다. 아직 결혼도 안 했고, 당연히 아이도 없지만, 로데오 거리에서 놀기에는 다소 멋쩍은 나이가 되었기 때문이다.

◇

　연신내역 4번 출구 앞에 위치한 약국 옆길로 들어서면 나오는 동네. 사람들은 이곳을 '양지 극장 골목'이라 부른다. 양지 극장이 있던 자리에는 헬스클럽과 사우나가 함께 있는 대형 건물이 자리했다가, 지금은 오피스텔 건물이 들어서는 중이지만 그래도 많은 사람에게 여전히 '양지 극장 골목'이다.

　중학생 시절 양지 극장 골목은 함부로 다닐 수 없던 곳이었다. 당시에는 유흥가가 상당히 많아 '청소년 통행 제한 구역'이었기 때문이다. 지금도 몇몇 건물은 사람과 업종만 바뀐 채 그대로다. 어떤 건물의 내부는 임권택 감독의 영화 〈만다라〉에서 옥순이가 연인이던 지산 스님의 양말을 빨아 주던 모습이 떠오를 정도로 시간이 멈춰 있다.

　고등학생이 될 즈음 골목 술집들이 하나둘씩 업종을 바꾸면서 접근 가능한 동네가 되었다. 양지 극장에서 영화도 보았고, 대학생이 되어서는 친구들 덕분에 이곳에서 가장 맛있는 순댓국과 족발을 파는 가게를 알게 되었고, 술도 많이 마셨다.

　나는 내가 사는 동네의 장점들을 열거하려는 게 아니다. 너무 좋아서 이곳에 남기를 결정한 것도 아니다. 누구나 한 동네에서 30년 이상을 살았다면 곳곳에 추억과 기억이 남아 있을 수밖에 없고, 그런 기억들은 그 동네를 익숙한 곳으로 만든다. 더 좋은 동네는 많겠지만 인간에게 익숙한 것만큼 편한 건 없다. 그런 입장에서 내게 연신내는 특별히 좋은 동네가 아니라 편한 동네였다.

늦은 나이에 운전을 시작한 후에도 이 동네가 편했다. 그렇게 경기도 북부까지 행동반경이 넓어지자, 연신내를 중심으로 그 주변에 아직 개발되지 않은 곳이 많아서 좋았다. 주말에는 차를 몰고 나가 경기도 고양시 원흥동에 있는 카페에서 책을 읽거나 글을 쓴다. 카페가 문을 여는 시간에 맞춰 가면 두 시간 정도는 혼자서 조용히 여유를 즐길 수 있다. 야구를 좋아해서 만난 사람들과 사회인 야구를 하는 경기장도 경기도 북부에 있다.

어린 시절부터 만들어 온 추억이 쌓인 동네지만, 어느새 이곳은 내가 주말을 즐기기에도 편한 동네가 된 것이다. 나는 연신내를 영원히 벗어날 수 없는 은평구 주민이었다.

—

제2장

방 한 칸으로는
행복할 수 없다는 결론

글도 쓰고 책도 읽고 영화도 보고

친구를 불러서 술도 마시는 그런 공간.

비싼 월세를 내는 대신 한 번쯤은 영위하고 싶은 삶이었다.

다시 오피스텔을
찾아다닐 줄이야

어머니와 내가 살고 있는 집의 계약 만료까지는 아직 5개월이
란 시간이 남아 있었다. 내가 혼자 살게 될 집은 어차피 월셋집
일 테니 시간적 여유가 없는 건 아니었지만, 나는 마음의 여유
가 없었다. 독립을 결심하고 어머니의 쿨한 동의를 얻고 동네
를 결정하자마자 조급하게 집을 찾아다녔다. 어머니의 살림이
나보다 몇 배는 많으니, 일단 나의 소소한 살림부터 뺄 생각이
었다.

구산동을 중심으로 응암동, 역촌동, 신사동, 증산동 그리고
구파발역 근처까지를 서식지로 정한 후 부동산 중개 애플리케

이션으로 검색을 시작했다. 내가 원한 건 '역세권'이었다. 우리
집은 지하철역까지 걸어서 20분은 족히 걸리는 곳에 있었다.
집에서 2분만 걸어 나가도 '여기부터 경기도입니다'란 표지판
이 보인다고 말하면 대부분 위치를 이해했다. 바쁜 출근 시간
에는 버스를 타야 했는데, 늦잠이라도 자는 날엔 택시를 타고
지하철역까지 갔다. 나는 월세가 비싸더라도 그렇게 소요되는
시간과 기회비용 등을 아낄 생각이었다.

◇

구산동에서는 일부러 집을 찾지 않았다. 어머니와 가까이
살면서도 조금은 멀리 떨어진 곳이어야 했다. 가까우면 가까
운 대로 어머니는 청소를 해 주겠다며 오고 갈 게 뻔했다.(어머
니는 지금도 종종 그런다.) 역촌동, 신사동, 증산동에는 원룸 혹
은 투룸의 월셋집이 많았다. 구파발역 주변에는 오피스텔 건
물이 많았고, 새로운 오피스텔들도 들어서는 중이었다. 응암
역 주변도 마찬가지였다. 시세는 대부분 보증금 1000만 원에
40만~45만 원선. 우선 원룸을 찾아다녔다.
　6호선 역촌역 가까운 곳에 위치한 원룸 건물은 신축이라

깔끔했다. 하지만 매트리스 하나만 들어가도 책상 하나를 더 넣지 못할 만큼 좁았다. 응암역 근처에도 역에서 그리 멀지 않은 곳에 복층 오피스텔이 있었다. 하지만 주차장이 기계식이었다.

주차는 집을 구하는 과정에서 나를 가장 많이 고민하게 한 사안 중 하나였다. 나는 평소 자동차로 출퇴근을 하지 않고, 운전도 주말에만 가끔 하는 정도라서 필로티(pilotis) 주차장 가장자리에 차를 두고 다녔다. 아침 일찍 차를 끌고 나갈 수밖에 없는 사람들이 앞쪽에 차를 대는 게 내가 살던 빌라의 암묵적인 룰이었다. 친구 이야기를 들어 보니 어떤 빌라에서는 앞쪽에 차를 댄 차주가 뒤차 주인에게 보조키를 맡기는 경우도 있다.

"뒤차 주인이 차를 쓰려면 앞차를 빼서 자기 차를 뺀 다음, 다시 앞차를 원래대로 주차시키라는 거였어. 그런데 한 집이 차를 새로 사더니 그때부터 키를 안 주더라."

그런 일까지는 겪어 보지 않았지만 차를 쓰고 싶어도 못 쓰는 경우는 많았다. 본디 차는 필요할 때 언제든 끌고 나갈 수 있어야 한다. 갑자기 바다가 보고 싶은 날엔 내부순환로와 경춘가도를 달리다 44번 국도를 타고 미시령 터널을 지나 속초에도 가야 한다. 하지만 나는 그러지 못했다. 야심한 밤에 전화를 걸어 차를 빼 달라고 부탁할 정도의 뻔뻔함은 없었으니까.

집을 선택하는 조건 가운데 '주차'가 끼어들면서, 내가 선택할 수 있는 집은 그리 많지 않았다. 은평구 일대의 수많은 원룸 건물과 빌라들이 필로티 주차장이나 기계식 주차장을 갖고 있었다. 기계식 주차장은 이용하고 싶지 않았다. 혹시 모를 사고가 걱정되는 것도 있지만, 차를 빼는 데 시간이 좀 걸리기 때문이다. 게다가 기계식 주차장을 운영하는 건물들은 모두 한 달에 3만~4만 원가량의 주차비를 받고 있었다. 지하에 있는 자주식 주차장에 차를 넣는 것도 아닌데 돈을 내야 한다니. 생각이 거기까지 미치자 나는 지하 주차장이 있는 곳을 찾아다녔고, 결국 오피스텔밖에 답이 없었다.

오피스텔에 살아 본 경험이 없는 건 아니다. 집안 사정상 어쩔 수 없이 누나와 함께 나와 산 적이 있다. 2003년 그때 당시 우리에게 주어진 돈은 500만 원 남짓. 우리는 그 보증금이면 월세 30만 원 정도의 방 두 칸짜리 집은 충분히 구할 수 있을 거라며 많은 계획을 세웠다. 그런데 정작 구한 집은 은평구도 서울도 아닌 일산 장항동에 있는 복층 오피스텔이었다. 게다가 월세는 30만 원도 아닌 45만 원. 하지만 보자마자 이곳이 마음에 쏙 들었던 우리는 다른 집은 볼 생각도 없이 그곳에 살기로 결정했다.

지은 지 얼마 되지 않은 이 오피스텔은 누나와 나를 단번에 사로잡은 동시에 심란하게 만들었다. 장항동 정발산역에서 연신내까지 지하철을 타고 오는 동안 우리는 같은 생각을 했던 것 같다. 복층 오피스텔인데도 상층은 내가 서 있을 수 있을 만큼 층고가 높았다. 깔끔한 싱크대와 화장실, 복층으로 올라가는 계단 아래에 놓인 수납장까지……. 집이 너무 좋은데 월세가 비싸지, 집이 너무 좋은데 내가 일하는 곳은 강남구 신사동이지, 집이 너무 좋은데 당연히 관리비도 비싸겠지. 그런데 누나와 나는 그 집을 선택했다. 지금 생각하면 어이없는 계산이지만, 그때도 말이 안 되는 계산이라는 걸 몰랐던 건 아니다.

"누나랑 내가 돈을 나눠 내면 충분히 살 수 있어. 월세와 관리비로 나가는 돈이 생각보다 많지만, 다른 부분에서 돈을 아낄 수도 있는 거야. 나만 해도 친구들 대부분이 연신내에 있는데, 내가 밤에 친구를 만나러 서울

까지 나가겠어? 내 친구들도 굳이 나를 보러 여기까지

오는 일이 없을 거고. 퇴근하고 일산에 들어오는 순간,

그냥 여기서 책이나 읽고 산책이나 하는 거지 뭐."

　　누나는 아마 그 말을 믿지 않았을 것이다. 그저 넓고 깔끔한
복층 오피스텔에 살 수 있다는 생각에 고개를 끄덕여 주었겠
지. 며칠 후 우리는 직접 집주인 집으로 찾아가 계약서를 쓰게
됐다. 복비 때문에 부동산 중개인은 끼지 않았다. 서울 서초구
의 한 아파트에 살던 집주인 부부에게는 아이가 있었다. 아내
분이 물었다. "두 분은 부부세요?" "아니요. 남매인데요." (누나
랑 나는 일곱 살이나 차이 나는데…….) "아, 그러고 보니 닮으신
거 같네요."

　　분위기는 화기애애했다. 집주인에게는 흔히 말하는 집주인
스러운 느낌이 없었다. '갑'이 가질 법한 거들먹거리는 태도 하
나 없이, 그들은 우리에게 계약서 내용을 차근히 설명해 주었
다. 집주인과 세입자가 한 장씩 나눠 갖는 계약서를 나란히 붙
여 인감이 반씩 찍히게끔 하는 것도 먼저 알려 주었다. 그러면
서 "사실 저는 크게 신경 안 써요. 월세도 다 와이프가 관리해
서……."라고 말했다. 평범해 보이는 30대 초반의 여성분을 보

며 '여러 채의 집에서 나오는 월세를 관리하겠지' 하고 생각했던 것 같다.

계약을 마치고 집으로 돌아오던 길에 누나와 집주인 부부 그리고 집주인이란 캐릭터에 가졌던 선입견 등의 이야기를 나누었다.

"사람이 참 깔끔해 보이지?"
"역시 돈 많은 사람이라 그런가, 으스대는 것이 하나도 없어서 신기했어."

이 오피스텔에 사는 동안, 나는 누나에게 말했던 대로 일단 집에 들어오면 동네를 벗어나지 않았다. 집에 있는 게 지루하면 호수 공원에서 자전거를 탔고, 근처 영화관에서 영화를 보거나 대형 마트에서 장을 봤다. 분명 나는 그때부터 오피스텔에 사는 걸 좋아했던 것 같다. 당시 누나는 내게 "아마도 네가 오피스텔에 사는 건, 지금이 마지막 아니겠냐."라는 말을 하곤 했다. 자신이 결혼하게 되면 우리는 그 집을 나와야 했고, 그럼 나는 자연스레 다시 부모님과 살고, 그러다가 으레 취직을 하고 결혼을 하겠지 생각했던 거다. 하지만 그때의 나도 몰랐다.

13년 후에 내가 다시 오피스텔을 찾아다닐 줄은.

◇

결국 은평구 일대에서 오피스텔이 가장 많은 구파발에서 집을 찾았다. 어릴 적 친구들과 함께 어울려 놀던 그곳에는 뉴타운 개발로 신축 아파트와 오피스텔이 많았다. 어렸을 때의 기억을 떠올리게 하는 건 구파발역 2번 출구와 바로 그 옆에 자리한 인공 폭포뿐이었다.

구파발에 살면서 공덕역으로 출퇴근을 하려면 3호선을 타고 연신내역에서 6호선으로 갈아타야 하는 번거로움이 있었지만, 이곳 오피스텔 건물들은 지하 주차장을 갖고 있고, 입주자들은 한 대씩 무료 주차가 가능했다. 구파발의 시세는 대부분 보증금 1000만 원에 월세 50만~55만 원선이었다. 구파발에서 만난 한 부동산 중개인은 "원래 시세대로라면 1000에 60은 받을 수 있는 곳인데, 지금 새로운 오피스텔 건물 하나가 세워지면서 시세가 조금 낮아졌다."라고도 했다.

신축 오피스텔 건물은 깨끗하지만 여섯 평 정도의 좁은 집들뿐이었다. 그중에서도 눈에 띈 곳은 이 일대에서 가장 높이 솟은 오피스텔이었다. 알아보니 건물 내부에는 입주민이 이용할 수 있는 헬스장과 북카페가 있고, 짐을 보관할 수 있는 창고도 하나씩 제공되었다. 당연히 지하 주차장도 있었다. 하나같이 17년 전 그때처럼 내 마음을 심란하게 할 조건들이었지만, 선뜻 마음이 가지는 않았다. 출퇴근 동선에 환승이 있다는 점이 여전히 마음에 걸렸다. 뭐, 한 번 정도 갈아타는 게 큰일은 아니지. 나의 마음은 슬슬 구파발의 가장 높이 솟은 오피스텔로 기울고 있었다. 하지만 나는 응암동에 자리한 오피스텔을 계약했다.

TIP

기계식 주차와 자주식 주차

부동산 중개 애플리케이션에서 매물 정보를 보다 보면 '기계식 주차' 혹은 '자주식 주차'란 용어를 보게 된다. '기계식 주차'는 말 그대로고, '자주식 주차'란 운전자가 직접 운전해서 주차하는 방식을 말한다. 최근에 지어진 도심형 오피스텔과 상업 지역의 아파트는 대부분 기계식 주차 시설을 갖고 있다.

기계식 주차장을 사용해 본 사람들은 차가 여름에는 달아오르지 않고, 겨울에는 차가워지지 않는다는 점을 장점으로 꼽는다. 주차할 자리를 찾아다닐 필요가 없다는 것도 장점이다. 하지만 기계이기 때문에 고장 나는 경우가 있어서 주차장 사용이 원활하지 않을 때가 있고, 내 차가 내려올 때까지 대기 시간도 필요하다. 반면 '자주식 주차'는 기계식 주차의 장점을 고스란히 단점으로 갖는다.

지하 주차장이 있는 오피스텔이라면 보통 주차장 사용료가 포함되어 관리비가 높다. 하지만 주차가 용이하고 자유롭게 차를 사용할 수 있다는 큰 장점이 있다. 빌라에서 주로 살았던 나는 꼭 지하 주차장이 있는 곳에서 살고 싶었다. 돈은 좀 나가더라도 감수할 만큼 원했고 또 필요했으니 중요 포인트!

명분 없는 독립에
명분 만들기

2017년 3월, 드디어 나는 나만의 공간을 찾았다. 응암역 주변에 위치한 오피스텔이었다. 구파발역이 유력했지만 응암역으로 선회한 이유는 운이 좋았기 때문이다. 매일 부동산 중개 애플리케이션을 뒤져 보던 중 아직 준공도 받지 않은 신축 오피스텔이 있다는 사실을 알게 됐다. 지하 주차장도 있었고, 가장 작은 평수라도 구파발역 주변 오피스텔보다 넓었다. 게다가 개인이 아닌 법인이 운영하는 곳이라서 집주인과 갈등을 빚는 일도 없을 것 같았다.

물론 월세는 더 비쌌다. 기본형 오피스텔은 1000만 원에

50만 원. 그보다 조금 더 넓은 분리형은 2000만 원에 60만 원이었다. 일반적인 분리형 오피스텔은 침실과 거실 겸 부엌을 '중문'으로 분리하지만, 이 오피스텔은 높은 책장 하나로 공간을 분리하고 있었다. 기본형을 선택하려 했던 나는 아예 방이 하나 혹은 두 개 딸린 아파트형까지 보고 나서 기본형이 아닌 분리형을 선택했다. 여기에는 나름의 합리적인 이유가 있었다.

◇

나는 '최대 보증금 1000만 원, 월세 40만 원'이란 나름의 기준을 가지고 집을 보러 다녔다. 은평구 일대에 그런 집이 없는 건 아니었다. 하지만 하나같이 좁았다. 좁은 공간에 싱크대와 냉장고까지 들어가 있으니 더 좁아 보였다. 나는 좁은 집에 살면 어떻게 생활하게 되는지 너무 잘 알고 있었다.

춘천에서 대학 생활을 보낸 나는 주로 기숙사에 살았지만, 한 학기 정도 자취해 본 적이 있다. '월세 7만 원'이라 적힌 전단지를 보고 찾아간 곳은 어느 2층짜리 가정집이었다. 2층의 긴 복도를 중심으로 양쪽에 세 개, 총 여섯 개의 방이 있었는데 화장실이 딱 한 개라서 여섯 개 방에 사는 여섯 명의 사람들이

2020
북라이프 도서목록

booklife

그림으로 이해하는
일상 속 수학 개념들

· · ·

복잡한 세상을 명쾌하게 풀어 주는 수학적 사고의 힘
수학 교사 출신 저자가 그림으로 보여 주는 흥미진진한 수학의 세계

이상한 수학책
벤 올린 지음 | 김성훈 옮김 | 24,000원

라이프 서울시 마포구 월드컵북로6길 3 이노베이스빌딩 7층 | 전화 (02)338-9449 | 팩스 (02)338-6543

단 100개의 퍼즐로 두뇌의 한계를 시험한다

"이 책을 펼친 순간부터
아이큐가 148을 향해 달려간다!"

독일을 대표하는 대중 수학자 홀거 담베크가 두뇌 트레이닝 세계로 당신을 초대한다. 매주 20만 명이 열광하는 〈슈피겔 온라인〉 '이 주의 퀴즈' 속 역대급 문제 100개를 함께 풀면서 총 9개의 문제풀이 기법을 보여준다. 독자들의 잠자던 두뇌를 새로운 사고법과 문제 해결법으로 일깨우는 결정적 퀴즈 북.

이 문제 정말 풀 수 있겠어?

홀거 담베크 지음 | 박지희 옮김 | 15,800원

TED 640만 조회! 새로운 감각으로 뇌를 깨우는 브레인 혁명

"최신 신경과학 연구로
운동하는 뇌의 비밀을 밝히다!"

뇌가소성을 이해하고 뇌를 활성화하면 누구나 행복한 삶을 만들 수 있다. 새로운 뇌 영역과 몸 전체를 깨우기 위한 뇌과학자의 선택은 운동! 학습과 기억의 메커니즘, 운동과 창의성의 관계, 스트레스를 완화하고 기분을 끌어올리는 운동의 요소 등 뇌를 바라보는 방식의 변화를 통해 삶을 더 나은 방향으로 이끌어줄 과학 교양서.

체육관으로 간 뇌과학자

웬디 스즈키 지음 | 조은아 옮김 | 17,000원

한 권으로 빠르게 익히는 글로벌 역사 기행서

"암기하지 않아도 읽기만 해도 세계사의 흐름이 잡힌다!"

세계사를 '지도자, 경제, 종교, 지정학, 군사, 기후, 상품'이라는 7개 테마로 한정해, '세계의 역사'라는 하나의 관점에서 시대순으로 읽어 내려간 책. 역사 전문가 시마자키 스스무는 책 속에서 7개 테마가 각각 인류와 세계사에 어떤 위대한 변화와 발전들을 가져왔는지 풀어 가며 독자를 사로잡는다.

한번에 끝내는 세계사
시마자키 스스무 지음 | 최미숙 옮김 | 15,800원

인류의 운명을 결정한 12가지 혁신적 재료들

"신소재가 역사를 움직인다!"

베스트셀러 작가 사토 겐타로가 혁신적인 물질의 발견으로 역사가 어떻게 만들어졌는지 소개하며 '필연의 역사'를 흥미진진하게 풀어 낸다. 각 물질이 어떻게 발견되었는지, 어떤 사건으로 세계가 연결되고 바뀌었는지를 설명하며 과학 칼럼니스트다운 해박한 지식으로 역사와 과학을 긴밀하게 연결해 독자를 사로잡는다.

세계사를 바꾼 12가지 신소재
사토 겐타로 지음 | 송은애 옮김 | 16,000원

닳을 듯 말 듯 무심한 듯 다정한 너에게

"존재만으로
위로가 되는걸"

〈중앙일보〉에 '어쩌다 집사'라는 제목으로 연재되던 글을 모은 책으로, 불현듯 나타난 길냥이 나무와 한 지붕 아래 가족이 되는 과정을 담은 에세이. 고양이 집사가 되지 않았더라면 몰랐을 저자의 이야기들은 집사라는 새로운 경험이 그를 다시 숨 쉬게 하고 살아가게 만들었다는 걸, 아무래도 고양이일 수밖에 없는 이유를 생생하게 확인시켜 줄 것이다.

아무래도, 고양이
백수진 지음 | 14,500원

나만의 공간에서 온전히 누리는 1인분의 기쁨

"어차피 삶에는
정답이 없으니까!"

매거진 〈대학내일〉에서 특유의 섬세하고 위트 넘치는 필치로 많은 독자의 공감을 얻은 저자의 첫 에세이집. 상경한 지 7년 만에 비로소 자기만의 공간을 갖고 처음 겪게 된 좌충우돌 에피소드를 담았다. 초보 자취러부터 자취 고수까지 모든 '혼자'에게 따뜻한 공감과 위로를 전한다.

9평 반의 우주
김슬 지음 | 12,800원

함께 사용해야 했다.

당연히 방도 좁았다. 옷걸이 하나를 놓고 책상 겸 밥상으로 쓰려고 가져온 테이블을 하나 놓자, 간신히 누울 수 있는 공간만 남았다. 그래서인지 당시 나는 눈만 뜨면 학교에 갔고, 동아리방과 선배 집을 전전하다가 밤 늦게 귀가하곤 했다. 그 방에 오래 있고 싶지 않아서였다.

매일 밤이면 옆방의 일용직 노동자 아저씨의 코 고는 소리가 들렸다. 일요일 아침에는 빨래를 걷던 집주인 아주머니에게 교회에 가자는 권유를 받았다.(그래도 아주머니는 5월이 되자 월세 1만 원을 돌려주었다. 날씨가 따뜻해져 보일러를 틀 필요가 없다는 이유에서였다. 좋은 분이었다.) 흔히 이런 구조를 말 그대로 '잠만 자는 방'이라 부르는데, 나는 정말 잠만 자고 나올 수밖에 없었다.

하지만 20년이 지난 지금도 그런 생활을 할 수는 없는 노릇이었다. 지하 주차장도 있고 엘리베이터도 있는 곳이라지만 집이 좁다면 나는 7만 원짜리 잠만 자는 방에 살던 때와 같은 생활을 반복할 거라 생각했다. 어머니와 함께 살면서 주말이면 카페를 전전했던 것처럼 퇴근 후에 이리저리 방황할 가능성이 컸다. 그러다 보면 또 쓸데없이 돈을 쓸 테고, 나는 어머니와 함께 살 때보다 더 질 나쁜 생활을 할 게 분명했다.

여력이 되는 대로 넓은 집을 구해서 가능한 한 쾌적한 공간을 만들고, 할 수 있는 모든 일을 그곳에서 하는 게 내가 원하는 그림이었다. 글도 쓰고 책도 읽고 영화도 보고 친구를 불러서 술도 마시는 그런 공간. 비싼 월세를 내는 대신 한 번쯤은 영위하고 싶은 삶이었다.

보증금 2000만 원에 월세 60만 원을 감수하기로 한 후, 나는 다시 여러 가지 계산을 시작했다. 우선 엑셀 프로그램을 열고 왼쪽에는 나의 월급, 수당, 각종 원고료 등 월수입을 적고 오른쪽에는 매달 정기적으로 나가야 하는 지출 금액을 적었다. 월세 60만 원과 공과금을 포함한 관리비 15만 원. 저축을 많이는 못 해도 게을리할 수는 없으니 그것도 적었다. 청약 저축 10만 원, 정기 적금 100만 원, 개인 연금 10만 원. 꼭 써야 할 돈도 적었다. 교통비 5만 원, 점심값 18만 원, 동네 친구들과 술 마실 때 쓰는 돈 10만 원, 여자 친구와 데이트할 때 쓰는 돈 15만 원.

그리고 가장 중요한 어머니 생활비 40만 원……. 그 외에도 여러 항목을 적다 보니, 당연히 수입 대비 지출이 클 수밖에 없는 구조였다. 그렇다고 해도 가계부가 마이너스인 것은 용납할 수 없었다. 앞서 이야기했지만 나의 독립은 명분 없는 독립이었다. 지출을 줄여 단돈 1만 원이라도 플러스 상태가 되어야 스스로 이 독립을 받아들일 수 있었다.

나는 내 통장에서 빠져나가지만, 내는 줄도 몰랐던 돈을 찾아야 했다. 먼저 통신사 사이트에 접속해 잘 쓰지 않는 유료 부가 서비스가 있는지 확인했다. 새 스마트폰을 구입하면서 요금 할인을 목적으로 가입한 몇몇 서비스들이 있었다. 3개월 후에 해지해도 된다고 한 것을 잊고 있었던 거다. 모두 해지했다. 스마트폰 할부 약정도 끝났으니 요금제도 조금 저렴한 것으로 바꾸었다. 그렇게 약 1만 5000원을 아꼈다.

통신 요금을 재점검한 후에는 OTT 스트리밍 서비스들을 정리했다. 어머니와 함께 살 때는 내 방에 따로 TV가 없었다. 그래서 웨이브와 티빙에 가입했고, 영화를 보고 싶어서 넷플릭스와 왓챠에도 가입했다. 사실상 모든 OTT 서비스에 가입해 돈을 내고 있었다. 나는 혼자 살게 되면 TV를 구매할 예정이었으니 웨이브와 티빙은 필요 없다고 생각했다.

알고 보니 스마트폰 말고 태블릿 PC에도 나가는 돈이 있었다. 틈나는 대로 전자책을 읽겠다고 월정액으로 가입했던 '밀리의 서재'도 해지했다. 그렇게 2만 2000원을 또 아꼈다. 하지만 이걸로는 아직 독립에 대한 명분이 서지 않았다. 남은 건 '금연' 하나뿐이었다.

◇

담배 한 갑은 4500원으로, 하루 한 갑씩 한 달만 피워도 13만 5000원이었다. 나는 지출 금액 항목에서 '흡연'을 지웠다. 수입 대비 지출이 13만 5000원이 감소되었다. '금연'이란 무척 어려운 것이지만, 나는 금연에 성공할 경우 엄청난 명분을 얻는다고 생각했다. 비록 혼자 있고 싶은 마음에 어머니 곁을 떠난 것이지만, 그래도 담배를 끊었다고 하면 이건 누구에게나 박수 받을 법한 일일 테니까.

나는 오피스텔로 이사하기 전부터 금연을 시작했다. 회사 근처 병원 가정의학과에서 금연 치료 보조제인 챔픽스를 처방받았다. 처음 일주일은 매일 반 알을 먹으며 담배를 태워도 된다. 그다음 주부터는 하루 한 알씩 먹으며 본격적으로 금연을 시작한다. 첫 두 번까지는 진료비와 약값을 내야 하지만, 총

7회에 걸친 투약을 끝내고 나면 국가에서 '금연 치료 프로그램 인수 인센티브'라고 해서 치료비를 환급해 주고, 선물도 챙겨준다. 나는 드디어 내가 낸 세금으로 혜택을 본다고 생각했다.

금연도 순탄했다. 첫 일주일이 지나고 정말 담배를 태우지 않았다. 혼자 사는 자유를 얻으려다 더 큰 자유를 얻은 기쁨이 생겼다. 단, 챔픽스의 부작용에 시달려야 했다. 이 약에 대해서는 여러 부작용이 보고되었는데, 내 경우에는 꿈자리가 사나웠다. 매일 밤 사이키델릭한 꿈을 꾸고, 아침이 되면 멍해지는 상태를 반복하면서도 나는 금연 계획에서 이탈하지 않았다.

금연한 지 약 2주가 지난 후, 나는 오피스텔 계약서를 쓰기로 했다. 그런데 나에게 집을 보여 주었던 법인이 의외의 제안을 해왔다. 분리형 오피스텔은 각 층에 네 집이 일렬로 배치되어 있는데, 그중 양쪽 가장자리에 있는 두 집의 경우, 튀어나온 건물 외벽에 살짝 가로막혀 창밖 풍경이 시원하게 보이지 않았다. 직원은 이 양쪽 집은 5만 원씩 월세를 내릴 계획이라고 했다.

나는 그걸 덥석 물었다. 어떤 집이 더 나을지 살펴본 후 나는 왼쪽 풍경이 막힌 집을 선택했다. 계약을 도와준 부동산 중개인은 '5만 원씩만 빠져도 1년이면 월세 한 번이 빠지는 것'이라고 말했다. 그렇게 보증금 2000만 원에 월세 55만 원의 계약이 성사됐다. 나이 마흔에 갖게 된 나만의 공간이었다. 하지만 아직 어머니의 집은 찾지 못한 상태였다.

제대하던 날만큼이나
손꼽아 기다린 첫 독립

계약서에 명시된 나의 입주일까지는 한 달, 어머니로부터의
독립이 한 달 남은 거였다. 군대 말년 병장이 제대까지 남은 마
지막 한 달을 버티는 기분이었다. 하루하루 그냥 버티는 게 너
무 힘들어 나는 미리 많은 걸 준비했다. 일단 쓸모없는 물건들
부터 정리했다. 영화 볼 때 쓰려고 인터넷에서 산 7만 원짜리
암체어는 가까운 동네에 사는 사촌 동생에게 가져다주었다.
쌓아 놓았던 책 가운데 상당한 양을 알라딘 중고 서점에 처분
했다. 그렇게 약 10만 원을 벌었다. 나에게는 플레이스테이션
3와 많은 게임 타이틀이 있었는데, 다 긁어모아 중고로 팔아

버렸다.(나에게는 이미 플레이스테이션4가 있었기 때문이다!) 또 15만 원을 벌었다.

　물건을 정리하는 동시에 새로운 물건들을 들였다. 마침 나와 비슷한 시기에 이사를 가는 선배 K의 집에서 49인치 TV와 이케아 소파, 이케아 철재 장식장을 가져왔다. TV 앞에 앉아 밥도 먹고 술도 마시려면 테이블이 필요해 알아보던 중, 눈에 띈 브랜드가 있었다. 일산 오프라인 매장까지 가서 테이블을 사 왔다. 원래 쓰던 책상 의자가 망가져서 새로운 의자가 필요했는데, 마침 동네 친구 S에게 안 쓰는 시디즈 의자가 있어 그걸 이사 선물로 달라고 졸랐다.

　바닥에 이불을 깔고 자던 나였지만, 새로운 집에서는 푹신하게 자고 싶은 마음에 매트리스도 하나 주문했다. 침대 프레임은 공간을 많이 차지할 것 같아 사지 않았다. 여자 친구는 데이트 도중 전기밥솥을 사줬다. 그렇게 이사 날 가져갈 모든 물건을 내 방에 쌓아 놓고 살았다. 어머니는 내가 얻어 온 소파를 보고 이왕이면 더 크고 좋은 걸 사라고 했지만, 나는 어떻게든 돈을 아끼고 싶었다. 어머니는 내가 새집에서 써야 할 국자와 주걱, 세숫대야 및 각종 청소 도구를 사 놓으셨다. 나는 어머니의 살림살이 가운데 내가 챙겨 가고 싶은 냄비와 그릇들을 미리 점찍어 두었다.

그뿐만이 아니었다. 매일 이케아 사이트에 접속해 필요할 법한 물건들을 장바구니에 넣었다. 이사 갈 집은 TV가 위치할 벽과 창문이 마주 보는 구조라서 암막 커튼이 꼭 필요했다. 아직 날이 쌀쌀할 테고, 가스비도 아껴야 하니 러그를 골랐다. 평소 머리를 감고 제대로 말리지도 않고 다니는 편이지만, 여자 친구를 위해서는 거울과 헤어드라이어도 있어야 했다. 간접 조명도 달고 싶어서 장식등도 담았다. 침대가 생겼으니 베드 테이블도 필요했다. 여자 친구가 오면 침대에 앉힌 다음, 커피와 쿠키를 주고 책을 읽게 하고 싶었다.(이걸 정말 좋아하니까.) 아, 그러려면 스탠드도 하나 필요하겠구나. 그래서 그것도 골랐다.

◇

물건을 버리고 채우고, 사고 싶은 아이템을 고르면서 매일 아침이면 오피스텔 건물 쪽으로 걸어가 주변 동네를 살피며 출근했다. 응암역 근처는 군 입대 전에 아르바이트를 한 편의점이 있어 이미 잘 아는 동네였다. 하지만 앞으로 내가 그곳에 혼자 산다고 하니 동네가 달리 보였다. 나의 새로운 동네에는 대형 마트도 있고 카페도 있다. 시간이 나면 그 카페에서 커피를 마셨다. 집에서는 거리가 꽤 되지만 괜히 대형 마트에서 장을 보고 다시 한번 오피스텔 건물 주변을 돌아본 적도 있다. 나는 그 오피스텔을 산 것도 아니고 단지 월세로 들어가는 거였지만, 내가 가진 기대감은 '처음으로 산 내 집'을 대하는 것과 다를 게 없었다.

그렇게 많은 걸 했지만 아직도 이사까지는 시간이 꽤 남아 있었다. 나는 여전히 그 시간을 버티는 게 힘들었다. 열 평밖에 안 되는 집인데도, 머릿속으로 집의 구조를 바꾸고 또 바꾸었다. 애플 앱스토어를 뒤져 보니, 인테리어를 시뮬레이션해 볼 수 있는 애플리케이션들이 있었다. 측정해 둔 오피스텔 규격을 입력해 공간을 만들고, 그 안에 소파, TV, 침대 등의 레이어를 띄워 배치시키며 시간을 보냈다.

'오늘의 집'이란 인테리어 애플리케이션에는 '집들이'라는 게시판이 있다. 여기에서 다른 사람들은 원룸 오피스텔을 어떻게 꾸며 놓고 사는지 구경했다. 나에게 집 꾸미기는 예쁘지 않아도 나에게 맞는 집, 내가 원하는 일을 불편함 없이 할 수 있게 해 주는 집 정도면 충분하다. 그런데 그곳에 올라온 방들은 하나같이 예뻤고 안타깝지만 필요한 것보다 필요 없는 게 더 많은 방들이었다. 나는 인터넷 커뮤니티의 '방사진/사무실' 게시판을 더 자주 찾았다.

신음하던 한 달이 지나고 드디어 제대, 아니 독립을 하는 날이 됐다. 새벽 6시에 눈을 뜬 나는 어머니가 차려 준 아침도 대충 먹고 신이 나서 짐을 옮기기 시작했다. 엘리베이터도 없는 3층에서 계단으로 혼자 짐을 내리는 것은 꽤 힘든 일이지만 하나도 힘들지 않았다. 대신 그런 내 모습을 보고 있는 어머니의 마음이 힘들었던 것 같다. 어머니는 오랫동안 알고 지내신 유씨 아저씨에게 전화를 걸었다. 예전에도 이사를 도와주셨는데, 이번에도 아저씨의 도움으로 화물용 스타렉스에 짐을 실었다.

잔금을 치르고 부동산 중개인에게 중개 수수료를 건네고 나는 내 오피스텔의 카드키를 받았다. 어머니와 나는 짐을 정리하기 시작했다. 어머니는 한쪽에서 주방과 화장실을 정리했고, 나는 책과 옷을 넣고 소파를 다시 조립했다. 그 와중에 어머니는 새로운 주방에서 바로 저녁 식사를 준비했다. 마침 매트리스가 도착했다. 나는 친구 S에게서 선물로 준다던 의자를 가져왔다.

저녁을 먹고 나서는 어머니를 집까지 모셔다드렸다. 내 짐이 빠진 텅 빈 방을 바라보니……, 기분이 이상했다. 그날 아침까지 잠을 잔 곳이지만 더는 예전 같지 않았다. 그제야 처음으로 어머니에게 앞으로의 생활이 꽤 거친 모험이 될지도 모르겠다는 생각이 들었다. 어머니는 40년 넘게 가족과 함께 살았던 사람이다. 누나는 시집을 갔고, 아버지는 돌아가셨고, 곁에 있던 아들마저 떠났다. 두 사람이 함께 살던 집에 혼자 남은 그날 밤 꽤 쓸쓸했다고, 어머니는 나중에 덤덤히 털어놓았다.

◇

그런 마음을 몰랐던 나는 드디어 내 공간을 갖게 되어 기뻤다. 바로 옆 대형 마트를 찾아가 세제와 샴푸 등을 샀고, 보통 맥주보다 비싼 IPA 맥주 두 병을 사서 냉동실에 넣었다. 대충 정리를 끝내고 샤워를 하고 TV를 켠 후 소파에 앉아 시원해진 맥주를 꺼내 마셨다. 오늘 같은 날에는 담배라도 한 대 피울까 싶었지만 참았다. 담배를 피우지 않아도 충분히 기분 좋은 밤이었다. 그렇지만 마음 한구석은 해결하지 못한 문제로 답답했다.

　　'이제 엄마의 집을 구해야 해. 그건 더 만만치 않은 일이
　　될 거야.'

　　그런 생각을 하다가 잠이 들었다. 다음 날 아침, 나는 언제 그런 걱정을 했냐는 듯이 차를 몰고 광명 이케아로 향했다. 홈페이지 장바구니에 넣어 두었던 물건들을 카트에 담으며 신이 났다. 그래도 되는 날이었으니까.

　　그러다 한 가지 깨달은 점은 무엇이든 이사 전에 미리 사 두면 후회한다는 것이었다. 이사를 할 때까지 시간이 많으면 그만큼 생각도 많아진다. 필요할 것 같은 물건들이 이것저것 마구 떠오르고 가격을 찾아보게 되고 결국 갖고 싶어 진다. 하지만 막상 살다 보면 미리 구입하거나 얻어 온 물건들이 새집의 구조와 맞지 않거나 필요 없어지는 일이 생긴다. 나의 경우 친한 선배에게 얻어 온 49인치 TV를 중고 매장에 팔았다. 책꽂이를 여럿 쌓아 TV 받침대로 사용하려 했던 내 계획에 비해 TV가 너무 컸기 때문이다. 그리고 나서 작은 TV를 새로 샀다.

이케아에서 구입한 장식등은 둘 곳이 마땅치 않아서 친구에게 줬다.

그래서 이왕이면 이사를 한 후에 하나씩 사는 걸 권한다. 고 대하던 독립 첫날부터 자신이 원하던 공간을 만들어 살고 싶은 그런 마음을 이해하지 못하는 건 아니지만 말이다.

월세 내는 남자,
월세 받는 여자

유학을 보낼 게 아니라 결혼을 했어야 했다. 그때도 이 생각을 안 한 건 아니다. 이대로 헤어질지 모른다는 두려움, 곁에 없어서 겪게 될 상실감, 여자 친구가 지구 저편에서 주인 없는 고양이 마냥 축 처져 지낼 것 같은 안쓰러움이 들었다. 그럼에도 유학을 가겠다는 그의 다리를 붙잡기는커녕, 공항까지 가 배웅했던 이유는 '비겁함' 때문이었다. 변명의 여지가 없다. 그가 유학으로 얻는 기회비용과 나와 결혼하면서 얻는 기회비용이 비슷하기라도 할까? 결혼에 관해서는 아무런 준비도 못 한 나에게 그만 한 가치가 있을까? 어쨌든 여자 친구는 울면서 떠났고 나도 울면서 보냈다. 벌써 7년이나 지난 일이다.

만약 유학을 가려는 그를 붙잡고 결혼했으면 어땠을까? 우리에게는 일곱 살 난 아이가 있을 수도 있다. 동시에 우리가 함께 살고 있는 집도 있을 것이다. 영화 〈라라랜드〉의 한 장면 같은 상상이지만, 영화 속 세바스찬과 미아보다는 우리가 조금 나은 편이다. 여자 친구는 영국 런던에서 약 1년이 넘는 유학 생활을 했고, 한국으로 돌아와서도 나를 만나 주었다. 물론 그게 나에게만 좋은 일이었는지도 모르겠지만.

◇

여자 친구 J와 나는 2008년에 처음 만나 10년이 넘는 시간을 함께했다. 그 시간 동안 우리는 주로 그의 공간에서 시간을 보냈다. 처음 만났을 때 J는 부모님의 도움으로 얻은 복층 오피스텔에 살고 있었다. 그가 아파트를 사서 살면서부터는 그곳에서 내가 끓인 라면을 먹으며 데이트했다. 종종 "우리 아버지가 여기 왔다가 속옷 차림으로 널브러진 너를 보면 뭐라고 할 것 같아?"라고 나를 겁주곤 했다. 그의 영국 유학 시절 내가 찾아가 머무른 곳도 그가 그리니치에 얻어 놓은 작은 집이었다.

그 시간 동안 나는 그를 많이 부러워했다. 나와 달리 일찍부터 혼자만의 공간을 갖고 있다는 게 부러웠다. 그의 집에서 데이트한 다음 날 어쩌다 내가 늦게 출근하고, 그가 일찍 출근해야 하는 날이면 혼자 남아 커피를 마시며 나 말고는 아무도 없는 고독함을 즐기기도 했다. 내가 독립을 꿈꾸게 된 이유 중 하나는 바로 그의 집 때문이기도 했다. 하지만 여자 친구는 나의 독립을 가장 강하게 반대했다. 아니, 유일하게 반대한 사람이었다.

어머니는 나의 독립을 서운해했지만 그게 순리라고 생각했다. 누나는 혼자 살게 될 어머니를 걱정했으나 역시 나의 독립을 막을 수 없는 일이라고 생각했다. 하지만 J는 내가 월세까지 내면서 혼자 산다는 사실을 납득하지 못했다. 일단 어머니와 떨어져 살면 내가 방종과 방탕의 삶을 살게 될 거라고 했고, 무엇보다 매달 월세로 상당한 돈을 쓰는 것이 아깝다고 했다.

"월세를 55만 원이나 낸다고? 미쳤어? 월세는 내는 게 아니라 받는 거야."

실제로 여자 친구는 월세를 받는 사람이다. 돈이 많아서 집을 여러 채 가진 건 아니고 서울에서 어렵게 아파트 한 채를 샀더니 회사가 부산으로 이전했다. 본가가 부산이어서 다행이었다. 그렇게 J는 부모님 집에서 살며 서울 아파트에는 세입자를 받아 월세를 받고, 그 돈으로 아파트 대출금을 갚고 있다. 한때 미친 척하고 그 아파트에 들어가서 월세를 내겠다고 했더니 "월세 조금 내다가 그냥 눌러앉으려는 거잖아!"라며 나의 의도를 단번에 파악했다. 역시 똑똑한 사람이다. 그러면서 이렇게 말했다. "내가 그 아파트를 우리 신혼집으로 생각하고 사서 꾸민 건데……, 그때 결혼해서 애를 낳았으면 지금 걔가 몇 살이겠어?" 역시 내가 많이 미안해해야 한다.

우리는 긴 시간을 함께하면서 서로의 비슷한 점과 다른 점을 많이 발견해 왔다. 나의 독립은 우리의 다른 점 또 하나를 발견한 계기였다. 돌이켜 보니 우리는 '집'을 대하는 태도가 전혀 달랐다. 나는 어딘가에서 좋은 동네와 좋은 집을 보면 막연하게 한 번 '살고 싶다'라고 생각하지만, 그는 '사고 싶다'라고 생각한다.

다시 말해 나에게 '집'이란 그리 현실적이지 못한 대상이다. 그냥 내가 살고 있는 곳이 내 집이다. 그런 나와 달리 J에게 집은 주거 공간이자 재화이고 동시에 미래의 삶이다. 어쩌다 보니 이렇게 정반대인 월세 내는 남자와 월세 받는 여자가 사귀고 있다. 그의 입장에서는 남자 친구가 월세 내고 사는 걸 환영할 수 없었을 거다. "내가 딴 데서 월세 받으면 뭐해? 네가 이만큼 월세를 내면서 돈을 버리고 있는데……." 그래도 여자 친구는 나에게 끼니를 거르지 말라며 전기밥솥 하나를 사 주었다.

내 오피스텔에 처음 와 본 여자 친구는 '미쳤네'를 반복했다. 미쳤네, 진짜 미쳤네. 신축 오피스텔의 깔끔함, 거기에 나름 공들여 꾸민 공간을 보면서 "이제 오피스텔에 혼자 사는 시크한 싱글남 행세를 하려는 거 아니야?"라고 따졌다. 나는 이 공간을 만든 건 모두 '너 때문'이라고 맞섰다.

"네가 서울에 올 때마다 우리는 호텔을 돌아다니잖아. 그러면 체크아웃 때문에 더 쉬고 싶어도 못 쉬고. 이른 시간에 밖에 나가서 돌아다니는 것도 피곤하지? 출장 올 때마다 이것저것 챙겨 오느라 가방도 무겁잖아. 그리고 너는 내가 끓인 라면을 좋아하는데, 호텔만 돌아다니니까 끓여 줄 수도 없고. 여기서 영화도 보고 책도 읽고 잠도 원하는 만큼 자고, 밥도 다 해 먹을 수 있어."

나는 그를 위해 준비한 작은 박스 하나를 내밀었다. 이케아에서 산 수납장에 딱 들어가는 크기였다. "앞으로 두고 다닐 수 있는 짐들은 다 여기 넣어. 그리고 서울 올 때는 가볍게 가방 하나만 들고 와." 그리고 바로 라면을 끓였다.

지금은 J가 이 집에 오는 때가 곧 집을 청소하는 시점이 된다. 이번에도 명분 때문이다. 비싼 월세를 내면서까지 이런 공간을 만든 명분 중 하나는 바로 '여자 친구'라는 걸 강조하고 싶은 거다. 진공청소기로 먼지를 제거하는 건 당연하고, 창틀에 묻은 먼지도 닦아 낸다. 화장실 바닥 타일의 줄눈까지 닦는다. 그의 편안한 잠자리를 위해 베갯잇도 교체한다. 지난겨울에는 이불을 새로 샀다. 나는 아무거나 덮고 자지만 J는 푹신하고 무거운 이불을 좋아하니까.

◇

나는 이곳이 그에게 그리 불편한 공간은 아니라고 생각하지만 고민이 없는 건 아니다. 앞으로도 영원히 이곳에서 함께할 수는 없기 때문이다. 서울과 부산에서 각각 일을 해야 하는 상황 때문에 결혼을 미루고 있지만, 언제까지 그렇게 살 수는 없다. 서울이든 부산이든 어느 한곳에는 새로운 보금자리를 만들어야 한다. 물론 그때도 여자 친구는 자신이 생각하는 집을 선택할 것이다. 그리고 그의 선택에 이의를 제기할 생각이 전혀 없다. 다만 주방은 크게 만들었으면 좋겠다. 예능 프로그램인 〈나 혼자 산다〉에 출연한 배우 정려원의 집을 보면서 '저런 주방이 갖고 싶어'라고 했더니, 역시나 이번에도 여자 친구는 '미쳤네'를 반복했다. 이제는 나도 장난삼아 뻔뻔하게 말한다.

"네가 부산에서 새 아파트 사면 인테리어는 내 돈으로 할게."

"미쳤구나?"

"나 이번에 TV 새로 주문했는데, 네가 새 아파트 사면 거기에 갖고 들어갈게."

"진짜 미쳤니?"

"너 새 아파트 사면 내 서재 만들어 줄 거야? 나 글 쓰고 유튜브 영상 만들면서 부산에서 살고 싶어."

"미쳤네, 미쳤네."

그의 아파트에 근사한 인테리어라도 하기 위해서 나는 이 오피스텔에서 열심히 살아야 한다.

《그 남자, 그 여자의 부엌》이란 책이 있다. 일본의 에세이스트 오다 이라 가즈에가 여러 사람의 집과 부엌을 탐문하며 쓴 글을 모은 에 세이다. 그들의 부엌에 주로 무엇이 있고, 그들이 주로 무엇을 요리 하는지, 요리한 음식을 누구와 나눠 먹는지 등을 이야기하며 한 인 간의 인생 전체를 조망한다. 책을 읽는 동안 '집'을 주제로 한 비슷한 연출의 영화가 한 편 떠올랐다. 바로 고레에다 히로카즈 감독의 영 화 〈태풍이 지나가고〉(2016)다.

〈태풍이 지나가고〉는 유명 작가를 꿈꾸며 사설탐정으로 일하고 있는 주인공 료타(아베 히로시)가 태풍이 오던 어느 날, 지금은 홀어 머니 혼자 살지만 자신이 어린 시절 자고 나랐던 추억 가득한 집에 서 어머니, 이혼한 아내, 아들과 함께 하루를 보내는 이야기에 방점 을 찍고 있다.

영화에 나오는 연립 주택은 일본에서 '2DK'로 불리는 형태의 집 이다. 2DK란 방 두 칸에 식탁을 놓고 식사까지 가능한 조금 넓은 부 엌인 다이닝 키친(dining kitchen)이 있는 집 구조를 말한다. 주인공 료타가 머무는 이 연립 주택이 2DK라는 사실은 영화 속 대사를 통해 유추해 볼 수 있다. 연립 주택 단지에서 만난 어린 시절 친구와 집에 대해 이야기하는 장면이 나오는데, 여기에서 료타는 '우리 집은 방이 두 칸뿐'이라는 말을 한다. 어머니 요시코(키키 키린)가 아들에게 돈 많이 벌어서 '방 세 칸짜리 집을 사 달라'고 농담하는 장면에서도 집의 형태를 추측할 수 있다.

료타의 어머니는 더 넓은 집을 원하지만, 사실 2DK 형태의 연립 주택은 과거 많은 일본인이 동경했던 구조의 집이다. 하지만 이제는 엘리베이터가 없는 불편한 구조의 집에 불과해 오래전부터 그곳에 살았던 노인들만 거주하고 있는 실정이다. 노인들이 외롭게 살아가는 낡은 집. 영화에서는 동네 슈퍼마켓에서 3층 이상에 사는 노인들을 위해 물건 배달 서비스를 시작한다는 대사가 나온다. 단지 내에서 노인의 고독사가 있었다는 이야기도 나온다. 쓸쓸한 곳이다.

하지만 이사를 자주 다닌 누군가에게는 가족의 역사가 고스란히 담긴, 조금 부러운 기억의 창고가 되기도 한다. 감독은 영화에서 사물을 통해 과거를 떠올리고 추억하도록 연출한다. 모두가 떠나간 빈집을 홀로 지키며 요시코는 어린 료코가 심은 귤씨 덕분에 자라난

귤나무를, 꽃도 열매도 열리지 않지만 아들을 키우듯 물을 주며 돌본다. 여전히 여름이면 음료수를 얼려 냉장고에 넣어 둔다. 아이스크림이 비쌌던 시절에 더위를 식히려고 만들던 것이 습관처럼 굳어 버린 것이다. 또한 냉장고에는 항상 얼려 둔 카레가 있어서 갑자기 찾아온 손님이라도 언제든 간단히 배를 채울 수 있었는데, 이 또한 변함없다.

우리 주위에도 기억의 창고가 된 집과 그곳을 지키는 분들이 계신다. 명절이면 주차장에 차가 많아지는 현상을 예로 들 수 있겠다. 하지만 아쉽게도 나와 어머니에게는 그런 집도 없었다. 우리 집이 없던 시절이 대부분이었고, 이사를 많이 다녔고, 그때마다 많은 물건을 버렸다. 대신 그만큼 미련 없이 여러 번에 걸쳐 새 출발을 할 수 있었다.

그런 의미에서 〈태풍이 지나가고〉는 이제껏 한 번도 변하지 않았던 남자가 드디어 새 출발을 시작하게 되는 이야기이기도 하다. 이혼한 아내에 대한 마음, 유명한 작가가 되고 싶다는 꿈, 언젠가는 성공할지도 모른다는 헛된 기대들이 모두 이 낡은 연립 주택에 켜켜

이 쌓여 있었다. 기억의 창고가 아닌 미련의 창고로서 말이다. 태풍 때문에 이 집에 묶인 가족이 서로의 진심을 털어놓은 그날, 료타는 그제야 자신의 바람이 모두 미련이었다는 사실을 자각하게 된다.

한때는 모든 이의 드림 하우스였던 2DK 연립 주택도 시대가 변하면서 더는 꿈이 아닌 허물어진 집이 되었다. 료타가 작가라는 꿈을 동경해 왔지만 결국 그 꿈도 시간과 함께 수명을 다했다. 우리 삶도 마찬가지다. 아직 더는 꿈이 아닌 미련 속에만 살고 있다면, 이제는 새로운 길을 찾아 떠나기를 바란다. 연립 주택을 벗어나 큰 집으로 이사를 가고 싶었던 요시코처럼.

제2부

생애최초주택구입

표류기

—

제3장

그 집을 산 이유는
과거의 집에 있다

내 표정을 읽었는지 부동산 중개인은

"그냥 싼 집은 없어요. 다 이유가 있는 거예요!"

라고 말했다.

어머니를 위한
내 집을 사기로 결심했다

내가 내 집을 찾는 동안, 어머니는 어머니대로 집을 찾고 있었다. 어머니는 인적 네트워크가 넓었고, 개중에는 그동안 우리가 살아온 집을 찾아 주었던 부동산 중개인도 있었다. 어머니는 원래 살던 집 근처에 보증금 1000만 원에 월세 30만 원인 방 두 칸짜리 집이 있다며 보러 가자고 했다. 그 집을 시작으로 여러 월셋집을 보러 다녔다.

대부분 친숙한 구조였다. 대문을 열고 들어가면 한쪽에 주인집으로 가는 계단이 있고, 다른 한쪽에는 다른 집으로 들어가는 좁은 길이 하나 나 있다. 그 길로 들어가면 또 하나의 계단이 나오고 그 끝에 또 다른 집의 현관문이 나타난다. 방 두 칸에 부엌 하나, 화장실 하나. 거실은 없다. 어머니와 나는 그런 집에 자주 살아 봤다. 이런 셋방은 주인집과 대문도 따로 썼다. 1층 셋방 밑에는 또 다른 반지하 셋방이 있는 경우도 많았다.

집을 보러 다니며 만난 어떤 집주인 아주머니는 어머니가 혼자 사신다고 하자, "나도 애들 다 나가 살아서 적적한데, 여기 살면서 우리 친구 하면 되겠네요."라고 했다. 그 말의 진의를 의심하지 않았지만, 나는 비싼 월세를 내고 신축 오피스텔에 살면서 어머니를 다시 옛날에 살던 집으로 떠밀 수는 없었다.

◇

그렇게 비슷한 여러 월셋집을 보던 어느 날, 어머니는 중개인과 나눈 대화를 전했다. "이제 집을 사는 게 어떻겠냐고 그러더라." 그러더니 구산역과 가까운 곳에 있는 빌라 하나를 보고 왔다고 했다. 그 중개인은 우리가 새집을 찾을 때마다 집을 사라고 했었다. 그때마다 나는 대출받는 게 걱정되어 집을 사지 않았고, 우리 형편에 어떻게 집을 사냐고 말해 왔다.

"방 두 칸짜리인데…." 나는 거실도 있냐고 물었다. 어머니는 거실이랄 건 없고, 그냥 부엌이라고 말했다. 그 집의 가격은 1억 3500만 원이었다. 그래? 의외로 괜찮은데? 나는 다시 계산을 시작했다. 어머니와 내가 살고 있는 집의 보증금이 8000만 원. 그리고 어머니에게는 1000만 원, 나에게는 2000만 원의 여유 자금이 있었다.

내가 보증금 2000만 원짜리 오피스텔로 들어갔으니, 남는 돈은 9000만 원. 그렇다면 4000만 원 정도만 대출받아도 그 집을 살 수 있었다. 정말 그 정도면 충분하다고? 대출 금리를 3.5퍼센트로 잡고 240개월로 원리금 균등 분할 상환을 한다면 매달 내야 할 돈은 어느 정도일까? 금융 계산기 애플리케이션을 두드리니 23만 1984원이 나왔다. 나는 어머니에게 드리는 생활비를 40만 원에서 30만 원으로 조정하고, 내가 돈을 좀 더 아낀다면 충분히 부담 가능할 거라고 생각했다.

다른 계산도 했다. 내가 집을 산다면 매형도 매달 부담하던 월세 30만 원을 절약할 수 있었다. 나는 어머니 생활비에서 일부분을 떼어 내 매달 대출금을 갚고, 매형은 돈을 아낄 수 있고. 그러면서도 내 명의의 집을 갖게 되는 동시에 어머니가 더는 이사하지 않아도 되는 상황을 만들 수 있었다. 해볼 만 한데? 나는 바로 주거래 은행 사이트에서 대출 상품을 알아봤다.

생애최초주택구입자를 위한 상품(내집마련디딤돌대출)의 대출 금리는 2~3퍼센트 정도였다. 대출 금리를 대략 2.85퍼센트로 잡고 5000만 원을 대출받아 360개월에 걸쳐 원리금 균등 분할 상환을 한다고 했을 때, 내가 매달 내야 할 돈은 20만 6779원이었다. 물론 내야 할 이자 금액만 2444만 원이다. 하지만 성실히 저축을 하고, 어떻게든 돈을 아낀다면 360개월보다 훨씬 빨리 돈을 갚고, 그만큼 이자도 아낄 수 있다고 생각했다.

그래서 사기로 했다. 내가 월세 55만 원의 내 오피스텔을 구하고 집도 사겠다고 다짐한 이유였다. 예상보다 저렴한 집이 있었고, 대출에 대한 부담도 그리 크지 않을 거라고 판단했기 때문이다. 모든 게 척척 들어맞는 계산처럼 보였다. 하지만 내 계산은 완전히 틀렸다.

내가 집을 사도 되겠다고 생각하게 만든 1억 3500만 원짜리 집은 매우 실망스러웠다. 지하철역과 가깝고 엘리베이터도 있고 주차 공간도 넓었지만, 집이 너무 좁았다. '부엌이나 다름없는 거실'이라고 했던 어머니의 말은 사실 거실이 없다는 이야기를 그렇게 한 것이었다. 집주인은 어머니보다 나이가 많은 할머니로, 자식들이 있는 캐나다로 가기 위해 이 집을 내놓았다고 했다. 그러면서 '어머니 혼자 살기에는 딱 좋을 것'이라는 말을 강조했다.

내 생각에도 누군가가 혼자 살기에는 좋은 집이었다. 하지만 가치가 있는, 재산이 될 집은 아니었다. 내 표정을 읽었는지 부동산 중개인은 "그냥 싼 집은 없어요. 다 이유가 있는 거예요!"라고 말했다. 내 마음에도 들고 어머니도 만족할 수 있는 집은 당연히 1억 3500만 원보다 훨씬 비싸겠지. 그냥 집을 사지 말까. 하지만 이제 와서 그럴 수는 없는 노릇이었다.

내가 내 이사를 준비하는 동안 어머니는 '빌라 관광'을 다니기로 했다. 빌라 관광은 빌라 전문 중개인들이 집을 사려는 사람들을 자동차에 태워 돌아다니는 걸 말한다. 구매자가 있는 곳까지 와서 차에 태우고 빌라 여기저기를 둘러본 후 원하는 곳에 내려 준다. 어머니는 매일 빌라 관광을 하고, 저녁마다 어떤 집을 봤는지 전화로 알렸다. 그러면 나는 그 가운데 관심이 있는 집을 선택해 보러 다녔다. 그사이 마음속에 두고 있던 집의 가격은 1억 3500만 원에서 1억 7000만 원까지 상승했다.

◇

나는 어머니가 사는 곳인 동시에 언젠가 내가 살지도 모르는 집이며 유사시에 처분할 수도 있는 집을 찾고 싶었다. 그러니까 하나의 '재산'이 될 집 말이다. 이 집을 사면서 쓸 돈은 (매형의 도움이 포함되어 있기는 하지만) 내가 10년 넘게 직장 생활을 하면서 보탰던 돈과 그 이후에 내가 모았던 돈, 그리고 내가 앞으로 갚아야 할 돈이 포함된 것이다. 더 이상 대출금을 갚지 못하는 상황이 올 경우, 내가 회사에서 잘리거나 회사가 없어지거나 할 경우 언제든 처분 가능한 집이어야 했다. 그게 아니라면 월세 세입자를 둘 수 있어야 했다.

그래서 어차피 아파트나 큰 집을 사지 못할 거라면, 작은 집이어도 매력적인 집을 사야 한다고 생각했다. 그러려면 어쨌든 역세권이어야 하고, 주차 공간이 나름 넓고, 엘리베이터도 있어야 했다.

'투룸 빌라'를 사야겠다고 생각한 이유도 동일하다. 나중에 세입자에게 월세를 내주더라도 역세권의 '투룸'이라면 더 유리할 거라고 생각했다. 1인 가구가 급증하는 상황에서 '역세권의 깔끔한 투룸'이 훨씬 가치 있어 보였고, '깔끔함'을 위해 주로 신축 빌라를 보러 다녔다. 하지만 그런 빌라는 작고 비쌌다.

오래된 빌라를 산다면 적당한 가격에서 더 넓은 집을 살 수도 있었다. 하지만 대부분 주차 공간이 부족하다. 엘리베이터는 당연히 없다. 또한 생활 여건을 개선하거나 빌라 가치를 높이기 위해서는 내부 인테리어 공사도 필수다. 구옥 빌라가 더 넓고 싸다고는 하지만 결국 싼 게 아니라고 생각했다. 그러나 다시 말하지만, 역세권의 신축 빌라는 작은 집이어도 비쌌다.

빌라 관광을 다니면서 말도 안 되는 생각과 계산을 했구나 깨달았다. 감당 가능한 돈으로 살 수 있는 집과 사고 싶은 집의 거리는 멀어도 너무 멀었다. 감당할 수 있는 돈의 영역에서 '역세권, 투룸, 널찍한 거실, 엘리베이터, 주차 공간'이란 다섯 가지 조건을 다 갖춘 집을 찾는 건 불가능했다. 어떤 집은 다 좋았지만 역세권을 벗어나 있었고, 또 어떤 집은 다 좋은데 엘리베이터 없는 5층이었다. 결국 감당할 수 있는 돈의 영역을 조금씩 높여 갈 수밖에 없었다. 1억 3500만 원에서 1억 7000만 원을 넘겨 어느덧 나는 2억만 넘기지 말자고 생각하고 있었다.

생애최초주택구입자금 대출

실제로는 '내집마련디딤돌대출'이란 상품명을 갖고 있다. 부부합산 연소득 6000만 원 이하의 무주택 세대주라면 연 1.95~2.70퍼센트 사이의 낮은 금리(2020년 6월 기준)로 대출을 신청할 수 있다. 단, 생애최초주택구입자, 신혼 가구, 두 자녀 이상의 가구라면 연소득 7000만원 이하 무주택 세대주까지 신청 대상에 포함된다.

순자산 3억 9100만 원 이하, 구입하려는 주택 가격은 5억 원 이하, 주거 전용 면적 85제곱미터 이하 등의 대출 조건도 있으니 은행 창구 또는 한국주택금융공사 홈페이지를 통해 확인해 보자.

상환 기간은 최대 30년까지 설정할 수 있지만 모든 대출이 그렇듯 최대한 빨리 갚는 게 좋다. 나는 매달 원리금을 내는 동시에 목돈이 생길 때마다 은행 애플리케이션을 이용해 일부를 상환하기도 한다. 물론 수수료를 부담해야 하지만, 은행 직원에 물어보니 수수료를 내더라도 어쨌든 빨리 갚는 게 이득이라고 한다. 그러니 부디 모두 대출의 족쇄부터 끊으시길.

아파트를 사는 건
정말 내 집을 사는 걸까

어머니와 빌라 관광을 다니는 동안, 나는 주위 사람들에게 집을 살 거라고 말했다. 대부분은 나에게 요즘 부동산 시세를 물어봤다. 구산동에 있는 투룸은 대충 2억 언저리인 것 같다고 했더니, 어떤 친구는 "아무리 투룸이라고 해도 그렇지, 그렇게 싼 아파트가 있냐."라고 되물었다.

아니, 아파트 말고 빌라……. 친구는 왜 빌라를 사느냐고 물었고, 이해할 수 없다는 표정이었다. 나는 그 표정을 이해할 수 있었다. 그렇지, 이왕 집을 살 거면 아파트를 사야지. 그걸 내가 모르는 게 아니야. 비싸잖아.

은평구만 해도 서울에서는 집값이 그나마 저렴한 지역이라고는 하나, 2017년 당시 아파트 매매 시세는 제일 저렴한 쪽도 3억 5000만 원을 넘어갔다. 내가 그런 아파트를 사려면 2억 5000만 원은 대출을 받아야 했다. 금융 계산기 애플리케이션으로 계산을 해 보면 금리 2.85퍼센트에 30년 원리금 균등 분할 상환으로 대출받을 경우, 나는 매달 103만 원 정도의 돈을 내야 했다. 내는 이자만 약 1억 2000만 원이다.

5000만 원을 빌려서 2500만 원의 이자를 내는 것과는 차원이 다른 게임. 5000만 원은 어떻게 서둘러 갚아 볼 수 있을지 몰라도 2억 5000만 원은 평생 동안 갚을 수만 있으면 다행인 돈이다. 그럼 또 누군가는 이렇게 말했다. "네가 지금 내는 월세를 아끼면 어때?" 그러니까 아파트를 사서 어머니와 같이 살고 매달 100만 원을 갚으면 된다는 계산이었다. 그것도 모르는 건 아니다. 그런데 나는 집을 나와서 혼자 살고 싶다니까. 그러려면 나도 월세를 내야 한다니까!

◇

아마도 내가 어린 시절부터 아파트에서 나고 자랐다면, 나 역시 내 첫 집을 아파트로 선택했을 것이다. 편리함과 쾌적함만큼 주거 생활에 있어서 가장 필수적인 조건이 없으니 말이다. 사실 아파트에서 나고 자라지 않은 사람도 아파트를 원한다. 2020년 1월 9일, 취업 정보 사이트 캐치가 20~30대 회원 647명을 대상으로 '선호하는 거주 형태'에 대해 설문 조사를 했다. 그 결과를 보면 열 명 중 여섯 명 아파트에 살고 싶다고 대답했다. 그런데 과연 2030 세대에게만 해당되는 걸까? 대한민국에 사는 누구라도 이와 동일한 마음일 것이다.

아파트에서만 살았던 친구들은 아파트가 가진 나름의 미덕을 이야기한다. 나 역시 모두 공감했지만, 그럼에도 나에게 아파트는 편리함과 쾌적함을 유지하기 위해 귀찮은 일이 많은 곳이다.

쓰레기를 언제 어떻게 버리라는 방송이 나오고, 아파트의 가치를 높이기 위한 각종 의사 결정에도 참여해야 한다. 특히 관리 사무소에서 "주민 여러분께 알립니다."라며 내보내는 방송이 싫었다. 여유로운 주말, 여자 친구의 집에서 낮잠을 자던 중 그 방송에 놀라 깼다. 눈을 감은 채 방송이 빨리 끝나기를 바랐는데, 하실 말씀이 많아 방송이 길어질 때면 신경질이 날 정도였다. 그런 상황을 여러 번 겪었다.

무엇보다 아파트는 일정한 수입 없이는 살기 힘든 집이라는 점에서 '정말 귀찮은 집'이다. 매달 꼭 내야 하는 '관리비' 때문이다. '관리비'란 주변 생활 환경을 쾌적하고 안전하고 편리하게 유지하기 위한 노력을 비용으로 환산해 낸 돈이다. 만약 단독 주택에 사는 사람이라면 직접 보안을 유지하고, 정원을 관리하고, 고칠 곳이 있다면 직접 수리하거나 사람을 불러 해결할 것이다. 아파트 관리비는 이런 비용을 여러 사람이 함께 부담하는 구조에서 나온 항목이다. 그런 이유에서 나 역시 오피스텔에 상당한 관리비를 내고 있다. 아파트는 오피스텔보다 더 많은 세대가 공동 주거하는 곳이기 때문에 내가 관리비를 내지 않으면 다른 사람들이 손해를 볼 수 있다.

그만큼 '관리비'는 당연히 내야 하는 돈이다. 그런데 관리비를 낼 돈이 없다면 어떻게 될까? 그런 경우라면 아파트에 살면 안 된다. 관리비도 감당하지 못하면서 아파트에 살기란 쉽지 않을 것이다. 서울시의 '공동주택관리규약준칙 98조'에 따르면, 관리비를 내지 못할 경우 처음에는 독촉장으로, 나중에는 지급명령신청이나 소액심판청구 등의 조치를 당할 수 있다. 한 달 수입이 50만 원밖에 안 되는 사람이 어느 날 강남구 서초동의 아파트 한 채를 갖게 됐다고 상상해 보면 이해가 더 쉬울 것 같다. 50만 원으로는 굶지 않고 살면서 이 아파트의 관리비까지 감당할 수 없기 때문이다. 차라리 그 아파트에 세입자를 들여 월세 수익을 올리거나, 아예 팔아서 시세 차익을 얻는 게 현명하다.

관리비를 내지 않으면 살 수 없는 집이 진정한 내 집일까? 회사에서 잘리고 저축한 돈도 다 까먹은 상황에서 그나마 집 한 채 있다는 것에 위안을 얻는 사람이 많을 것이다. 전기세와 수도세도 내지 못해 전기와 수도도 다 끊겼다. 그래도 비와 바람을 피할 수 있는 공간이 있다는 사실에 안심할 것이다. 하지만 30년에 걸친 장기 대출 계약, 관리비를 생각한다면 아파트는 안심할 수 없는 공간이 된다. 그렇다면 그 사람은 진짜 자기 집을 산 걸까? 집을 산다는 건 내 의지에 반해 이사하지 않을 자유를 산 게 아닐까? 또 그런 자유를 자유롭게 사고팔 수 있는 자유 또한 산 게 아닐까? 그렇지 않은 경우라면 그건 내 집을 산 게 맞는 건가? 아파트를 과연 내 집이라고 할 수 있을까?

◇

내게 있어 진정한 '내 집'이란 극단적으로 말해서 '고독사'

가 가능한 집이다. 전기도 끊기고 수도가 끊기더라도 나만 아무렇지 않으면 살 수 있는 집. 그 공간에 웅크리고 살다가 누구도 모르게 죽을 수 있는 집. 누군가가 찾아와 관리비를 내라고 독촉하지도 않고, 반상회에 나오라고 안내문을 전하지도 않는 집. 원하는 기간만큼 내가 원하는 대로 마음껏 살 수 있는 집이다. 뭐, 어디까지나 대단지 아파트에서 살아 본 적이 없는 사람의 협소한 생각이다.

또 빌라라고 해서 그런 삶이 가능한 것도 아니다. 빌라도 귀찮은 일이 많은 주거 공간이다. 관리비가 아예 없는 것도 아니다. 적게는 1만 원에서 10만 원 정도의 빌라 공동 청소비를 낸다. 또 이러한 규칙을 정하기 위한 반상회도 있다. 하지만 수백 세대가 하나의 규칙을 따라야 하는 아파트에 비해서는 귀찮음의 정도가 덜한 편이다.

그럼에도 아파트를 사려는 이유는 그것이 다른 어떤 주거형태보다 '재산'으로서의 가치가 높기 때문일 거다. 나 역시 집을 구하면서 재산이란 가치를 우위에 두었다. 하지만 첫째, 돈이 턱없이 부족하고 둘째, 대출금에 저당 잡히고 싶지 않았다. 이도 저도 꺼려지는 상황에서 나온 선택이 빌라였던 거다. 현명한 사람은 이런 선택을 하지 않는다. 그런데 사람이 언제나 현명한 선택만 할 수 있는 건 아니다. 그저 자신이 원하는 것과 자신이 처한 상황에서 최선의 선택을 할 뿐이다. 그래서 나는 남들이 잘 사지 않는 빌라를 사기 위해 돌아다녀야 했다. 빌라는 꿈이 아닌 그 자체로 현실이었으니까.

마당이 깊었던
불광동의 어느 단칸방

35년 가까이 살아온 동네에서 새로운 집을 찾는 일은 평소 까다롭지 않았던 사람도 까다롭게 만든다. 어지간하면 아는 골목이고 무엇이 있는지 잘 알다 보니, 그곳에 어떤 집이 있다고 했을 때 집보다 동네부터 그려진다. 빌라 관광 업자들이 이야기하는 행선지마다 모르는 곳이 없다. 그래서 본의 아니게 까다로워질 수밖에 없었다. 업자는 그곳의 위치를 설명하며 도로에서 '5분만' 걸어 올라가면 집이 나온다고 했지만, 나는 그곳이 적어도 '10분 이상' 걸어야 하는 곳이라는 것과 '경사가 가파른 곳'이라는 것을 알고 있었다.

"다른 곳으로 가 주시면 안 될까요?"

이렇게 말하면 업자는 당황한 듯했으나 나는 시간을 아껴서 좋다고 생각했다.

좋은 점과는 좀 다른, 아련한 순간도 있었다. 중개업자의 차를 타고 가는 곳마다 우리 가족이 함께 살았던 동네가 나왔다. 독바위역 근처에는 예전에 아버지와 다니던 목욕탕이 그대로 있었다. 그 일대는 대부분 아파트가 단지가 들어섰지만, 태권도 학원이 있던 건물도, 비디오테이프를 빌렸던 가게의 건물도 그대로 있었다. 온갖 기억들이 쏟아졌다. 이곳에 기름집이 있었지, 이곳에 놀이터가 있었지, 여기에 친척 동생과 다니던 영어, 수학 학원이 있었지. 그때 살던 그곳은 정말 마당이 깊은 집이었지.

◇

1990년 MBC에서 방영했던 〈마당 깊은 집〉이란 드라마가 있다. 김원일 작가의 동명 소설을 원작으로 한 드라마로, 한집에 모여 사는 여러 가구의 사람들이 주인공이었다. 드라마 속

배경이 된 그 집은 마당이 깊었는데, 당시 초등학교 6학년이 되던 나와 나의 가족이 살던 집도 마당이 깊었다. 드라마에서는 네 가구가 살았지만, 내가 살던 집에는 주인집을 포함한 여섯 가구가 살았다. 우리 가족이 마지막으로 살았던 단칸방인 그곳은 그래도 창고로 쓸 수 있는 작은 방이 하나 딸려 있었고, 그 방은 우리 집의 다락방이자 누나의 공부방으로 쓰였다. 누나는 그 방에서 열심히 공부했고, 자신이 원하는 대학에 차석으로 입학했다.

그렇게 열악한 환경을 딛고 부모를 기쁘게 한 자녀가 있었던 반면, 나는 그냥 TV를 보고 놀았다. 단칸방에서는 딱히 할 수 있는 게 없었다. 책을 읽기도 했지만 TV를 보는 시간이 많았다. 그때 본 TV 드라마에 관한 기억들은 영화 전문 기자 시절 중년 배우들을 인터뷰할 때 유용하게 써먹었다. 그런 순기능이 있는 반면, 집에 있으면 TV를 보지 않으면서도 틀어 놓는 그다지 건강하지 못한 시청 습관이 생겼다. 혼자 끼니를 때울 때는 물론이고 가족이랑 식사를 할 때도, 일을 할 때도 TV를 틀어 놓는다. 혼자 사는 사람들에게는 TV 소리가 백색 소음의 역할을 한다지만, 나는 가족과 함께 살 때도 그랬다.

지금도 주인집 세대와 함께 사는 다세대 주택이 많지만, 단독 주택 형태의 다세대 주택은 24시간 내내 빈부 격차를 느낄 수밖에 없는 곳이었다. 내가 사는 방에 화장실이라도 따로 붙어 있었다면 조금 나았을지도 모르겠다. 지금은 대부분의 다세대 주택이 각자의 주방과 각자의 화장실을 갖고 있지만, 내가 살던 단칸방들은 그렇지 못했다.

'마당 깊은 집'은 거의 무너져 가는 단독 주택이었는데, 이곳에는 화장실이 재래식 형태로 딱 하나 있었다. 주인집 가족들과 그 화장실을 함께 썼다. 몇 년 후 이 집을 산 새 집주인은 단칸방을 더 늘려 더 많은 세입자를 끌어들였다. 그래도 이 집주인은 화장실을 두 개나 만들어 주었다. 무려 수세식으로. 물론 더 많아진 세입자들이 두 개의 화장실을 나눠 써야 했지만.

'마당 깊은 집'에서의 생활이 그리 좋을 것도 없지만, 나쁠 것도 없는 기억으로 남아 있는 이유는 아마도 세입자가 우리 말고도 다섯 가구가 더 있었기 때문일 거다. 주인집까지 합치면 여섯 가구, 각각의 집에는 나와 비슷한 또래의 아이들이 있었고 우리는 아무렇지 않게 어울려 놀았다. 겨울에는 서로의 집, 아니 방을 오가면서 놀았고, 여름에는 마당에 대야를 놓고 물놀이를 했다. 아직 사춘기 전이었던 그때는 여자아이, 남자 아이 할 것 없이 그렇게 놀았다. 아니면 그 단칸방을 마지막으로 방 세 칸짜리 집으로 이사를 갔기 때문에 나쁠 게 없는 기억인지도 모른다. 또는 그곳에 살기 전에도 이미 네 번의 단칸방 생활을 거쳤기 때문인지도 모른다. 그에 비하면 '마당 깊은 집'은 좋은 곳이었으니까.

어디까지나 내 기억으로 볼 때, 우리 가족의 삶은 신당동의 어느 단칸방에서 시작되었다. 어머니는 그 단칸방에 사는 동안 나를 낳았다. 그 후에 이사를 한 곳이 바로 은평구 불광동이었다. 불광동에서 살았던 첫 번째 단칸방에 대한 기억을 떠올릴 때면 어머니는 주인집 딸 이름을 기억해 '소희네'라고 말한다. 그 동네에서 자라고 보니 소희는 우리 집 가까이에 살던 육촌 형제들과 같은 교회를 다녔고, 소희의 오빠는 나의 고등학교 선배였다.

우리 가족은 그렇게 '소희네'에서 시작해 '영석이네'를 거쳐 '창모네'를 지나 '마당 깊은 집'으로 왔다. 그사이 단칸방에서 벗어날 기회가 없었던 건 아니다. 우리 가족이 '마당 깊은 집'에 살던 시절, 정부에서 꽤 큰돈을 낮은 금리로 대출해 주는 정책 하나를 발표했다. 한시적이었지만 우리 가족은 그 대출을 받을 수 있었다.

정책 관련 안내문을 본 아버지와 어머니는 각각 다른 그림을 그렸다. 어머니는 대출받은 돈으로 방이 한 칸이라도 더 있는 전셋집으로 이사 가는 그림을 그렸다. 하지만 아버지는 대출받은 돈으로 자신의 드림카인 봉고차를 사려고 했고, 결국 아버지는 그 꿈을 이뤘다.

지금은 내 집이 없어도 내 차는 있어야 한다고 생각하는 사람이 많아졌지만 1990년대는 달랐다. 시대를 앞서간 아버지 덕분에 우리 가족은 단칸방 생활을 이어 가야 했다. 종교 덕후였지만 자동차 덕후이기도 했던 아버지는 어쩌면 그 시절 자동차라는 자기만의 공간을 꿈꾸었는지도 모르겠다.

◇

나에게도 좋은 기억은 없지만 아마도 그 시절, 아직 어렸던 나보다는 누나가 더 많은 어려움을 겪었을 것이다. 나는 중학생이 되면서 단칸방을 떠났지만, 일곱 살 많은 누나는 단칸방에서 재수까지 했다. 모든 것이 예민하고 민감할 사춘기 소녀에게 집 안 곳곳에 가족이 아닌 사람이 있다는 것, 그들과 화장실을 함께 써야 한다는 것은 불편함을 넘어 굴욕감을 느끼기 시작한 시절이었을지도 모른다.

당시 누나는 그 단칸방을 벗어날 수 없는 현실에서 탈출하는 꿈을 꾸었던 것 같다. 창고 같은 작은 다락방에서 언제나 아하(A-HA)와 마돈나의 음악을 들으며, 외국 친구들과 펜팔을 하기도 했다. 편지에 끼워 보낼 사진을 위해 나름 컨셉을 연출했던 기억도 있다. 벽 한곳에 아하의 리드 싱어인 모튼 하켓과 마돈나의 사진을 붙여 놓고, 누나가 통화하는 듯한 포즈를 취하면 내가 카메라로 사진을 찍었다. 바다 건너 세상과 소통을 위해 해외 가수들의 화보를 붙이면서도 우리 집이 단칸방처럼 보이지 않기 위해 노력했고, 세련되어 보이고 싶어 하던 누나의 연기가 더해졌다. 이제는 아무렇지 않게 꺼낼 수 있는 이야기지만, 뭐 그렇게 그리운 추억은…… 아닐지도 모르겠다.

반지하라고 다 같은
반지하가 아니라서

'마당 깊은 집'을 비롯해 우리 가족이 살았던 여러 집 중에는
'반지하' 집도 있다. 영화 〈기생충〉의 기택네 가족처럼 우리 가
족도 상당히 많은 시간을 반지하에서 살았다. 반지하라고 해
서 다 같은 반지하가 아니다. 빛이 많이 들어오는 1층이나 다
름없는 반지하가 있는 반면, 지하나 다름없는 어두컴컴한 곳
도 있다. 진짜 반지하 다운 반지하도 있다. 우리 가족은 그 모
든 반지하에서 살아 봤다. 지하나 다름없었던 반지하는 알고
보니 빌라 주인들이 각각의 건물 지하에 있던 창고들을 통폐
합해 만든 집이기도 했다.

반지하다운 반지하도 사실 지하나 다를 바 없었다. 바닥에서는 습기가 올라왔고, 비가 많이 오는 날이면 화장실 하수구가 역류했다. 그나마 좋은 기억으로 남은 집이 1층이나 다름없는 반지하였다.

◇

내가 살았던 반지하와 비교해 본다면 영화 〈기생충〉 속 반지하는 진짜 최악의 '반지하'다. 영화에 나온 것처럼 반지하 집들은 화장실 변기를 하수구보다 높은 곳에 놓는다. 정화조보다 높이 있어야 배설물이 잘 빠져나가기 때문에 생겨난 구조다. 하지만 폭우가 내리면 역류하는 경우가 많다. 영화에서 박 사장 집 지하 공간에서 뇌진탕 증세를 보이는 문광이 지하실 변기에 토하는 장면과 기정이 역류하는 변기를 마주하는 장면을 연결한 리듬은 그들의 끔찍한 현실을 매우 '더럽게' 잘 보여주는 훌륭한 연출이다.

〈기생충〉 속 화장실 변기는 내가 경험하고 봐 왔던 반지하 집의 어느 화장실 변기보다 높이 위치해 있었다. 그런 변기가 역류할 정도의 홍수였다면, 내가 살았던 반지하의 변기는 어땠을까. 상상조차 하기 싫은 일이지만, 영화를 보는 내내 절로 상상되었다.

평창동 어느 언덕의 박 사장 집에서 비를 맞으며 내려오고 내려오고 또 내려왔던 기택네 가족은 물에 잠긴 동네와 마주한다. 그들의 집은 이미 허리춤까지 물이 찼다. 이 설정에서 나는 그들이 느꼈을 절망감을 고스란히 이해했다.

반지하에 살던 그 시절 나의 어머니 또한 폭우가 내릴 때마다 기택네 가족이 맞이한 절망의 상황을 상상하고 걱정했을 것이다. 어머니는 밖에서 일을 하고 있다가도 비가 오면 집으로 전화를 걸어왔다.

"집 괜찮니?"

이 말 한마디에는 나와 누나 그리고 집에 대한 모든 근심과 걱정이 담겨 있었다. 그런 어머니의 마음을 잘 알아서인지, 다행히 폭우와 홍수 때문에 집 안에 물이 넘쳐 났던 적은 없다.

대신 습기와 사투를 벌여야 했다. 지하나 다름없는 반지하에 살 때는 장판 아래에 비닐 돗자리를 깔고 살았다. 지하의 습기는 무시무시했다. 장판과 가구를 들어내고 방수 처리를 해도 몇 개월만 지나면 습기가 올라왔다. 장판의 갈라진 틈으로 물이 새어 올라왔고, 나는 손으로 장판을 꾹꾹 눌러 물기를 짜내고 걸레로 닦기를 반복하기도 했다.

우리 가족은 그곳에서 대략 3년을 살았고 IMF 직전 명예퇴직을 한 아버지의 퇴직금으로 처음 집을 샀다. 당연히 지하가 아닌 집이었다. 그런데 이번에는 높아도 너무 높은 곳에 있는 집이었다.(이 집을 사게 된 사연은 뒤에서 이야기하겠다.) 가파른 언덕에 위치한 집이었지만, 그래도 어머니는 이제 집에 물이 찰 걱정을 안 해도 된다며 좋아했다.

영화 〈기생충〉의 기택네 반지하는 피자 박스를 접거나, 맥주를 마실 때마다 창문 밖으로 사람들이 보인다. 꽤 넓은 창문을 갖고 있어서 채광이 좋을 것 같지만, 그만큼 보고 싶지 않은 풍경을 감수해야 했다. 취객 하나가 창문 근처에서 소변을 갈기는 장면이 대표적이다. 반지하 집의 창문이 거리와 마주하고 있다면 충분히 있을 수 있는 일이다. 혹시 과장된 장면이 아닌가 생각할 수 있지만, 지상을 걷는 사람들이 반지하에 사는 사람들의 존재를 알아차리지 못하고 행동하는 건 당연하다. 그러니 빛을 얻는 대신 외부의 시선을 감당해야 한다면, 그냥 빛을 포기하는 게 나을지도 모른다.

다행히 내가 살던 집에는 그런 일이 일어날 창문이 없었다. 지하나 다름없던 반지하에 살 때는 환풍기가 설치된 창문 밖으로 사람들의 발목 정도만 보였다. 반지하 다운 반지하에는 내 방 창문이 담과 마주하고 있었다. 그래서 여름에는 모기장만 쳐 둔 채 창문을 열어 놓고 살았다. 사람과 마주칠 일이 없었기 때문이다.

대신 뜻밖의 손님들이 자주 찾아왔다. 어딘가를 향해 걷다가 나와 눈이 마주친 길고양이가 여럿이었다. 비가 오는 날에는 이곳저곳을 뛰어다니다가 모기장에 붙은 개구리도 있었다. 사람들의 시선보다는 개구리나 고양이의 시선이 그나마 귀엽다. 그때는 고양이에 별 관심이 없었지만, 지금이라면 창문 앞에 사료와 물그릇 정도는 놓아 줄 수 있다.

◇

마지막 반지하 집에서 우리 가족은 5년을 살았다. 그곳에서 아버지가 돌아가셨고, 이후 어머니와 나는 드디어 반지하를 벗어났다. 빨리 탈출하고 싶은 마음에 직접 사진을 찍어서 부동산 카페에 올리기도 했다.

여러 사람이 집을 보러 왔다. 어느 모녀는 원래 살던 집보다 넓다고 이야기했다. 우리 가족이 처음 그 집을 보면서 했던 생각과 같았다. 신내림을 받고 자신의 사당을 마련하고 싶다던 중년 여성도 집을 보러 왔지만, 집주인 아주머니가 독실한 크리스천이라 계약이 성사되지 못했다.

젊은 부부도 있었다. 집 안 구석구석을 바라보는 표정에는 어떤 일말의 기대감도 없어 보였다. 어떤 상황인지 자세히 알수는 없었지만, 왠지 알 것도 같은 표정이었다. 우리 가족이 처음으로 가진 진짜 '우리 집'에서 이사 나올 때 지었던 표정 같기도 했다. 그리고 어쩌면 멀지 않은 미래에 내가 짓게 될 표정일지도 모른다고 생각했다.

나는 비록 월셋집이지만 10층 건물의 8층에 위치한 오피스텔에 살고 있고, 내 명의의 어머니가 살게 될 집을 찾고 있었다. 하지만 미래는 장담할 수 없듯이, 언제든 이 궤도에서 다시 집이 없는 상황으로 돌아갈 수도 있었다. 그래도 이 또한 〈기생충〉 속 기우보다는 나은 상황이지 않았을까.

기우는 아버지를 위해 박 사장 집을 사겠다고 다짐하나 감독이 인터뷰에서 한 말을 빌리자면 그 집을 사려면 족히 '500년' 은 일해야 한다. 나는 굳이 그런 집을 사려는 게 아니니 얼마나 다행인지 모르겠다 싶었지만 말이다.

제4장

신축 빌라 구매는
어차피 지는 싸움

집 가격을 깎을 수 있을 만큼 최대한 깎아 보기로 결심했다.

호구가 되더라도

만만한 호구는 되고 싶지 않았기 때문이다.

끝나도 끝난 게 아닌
빌라 관광

길에는 수많은 전단지가 있다. 그중에서 가장 많은 것 중 하나가 '신축 빌라' 분양을 알리는 전단지다. 그것들이 보여 주는 빌라들은 하나같이 모두 놀랍다. 역세권에 위치해 있으며 '왕 테라스'를 가진 데다, 쓰리룸에 화장실도 두 개인데 집값은 2억 원이 채 안된다. 물론 대부분 거짓말이다. 신축 빌라를 전문으로 분양하는 업체들은 이런 전단지로 일단 사람들을 낚는다. 집을 사려는 사람이 전화를 걸어오면 우선 그들을 차에 태운 후 원하는 동네 곳곳을 돌아다닌다. 그렇게 보는 집 중에 전단지에 적힌 조건을 다 충족시키는 곳은 당연히 없다. 그런데 어머니는 전단지를 보고 분양 업체에 전화를 걸었다. 그래서 나도 그들의 차에 함께 올라타게 되었다.

◇

A 분양 업체 사람들을 만난 건 내가 오피스텔로 이사한 지 일주일 되던 때였다. 검은색 양복을 입은 두 남자가 웃으며 명함을 건넸다. 직함은 '과장'. 과장님들은 매우 친절했다. 어머니에게는 '어머님', 나에게는 '사장님'이란 호칭을 썼다. 그들이 처음 보여 준 집은 갈현동 어느 공원 주변의 신축 빌라였다. 가격은 1억 7000만 원. 그들은 지하철역으로부터 걸어서 5분 거리라고 했지만, 나는 6년 전 그 동네에 살았던 적이 있다. 족히 10분 이상 걸린다.

의심 가득한 내 표정을 본 과장님들은 그 주변에 위치한 다른 신축 빌라들로 우리를 안내했다. 은평구에는 정말 많은 신축 빌라가 있었다. 지하철역에서 꽤 멀고, 언덕배기에 위치한 그 집들의 시세는 대부분 1억 7000만 원에서 1억 8000만 원 사이를 오갔다. 가격은 좋았지만 나는 여전히 위치가 마음에 들지 않았다. 그때 과장님 한 분이 이렇게 말했다.

"사장님, 여기 나중에 월세로 내놔도 70만 원은 받을 수 있어요. 저희가 신축 빌라만 파는 게 아니라 월세도 중개하거든요? 나중에 저한테 말씀만 하세요. 제가 70만 원 꼭 받아 드릴게요."

과장님 입장에서는 나를 설득하기에 좋은 말이라고 생각했을 것이다. 하지만 나는 전혀 공감할 수 없었다. 나라면 지하철역까지 10분 이상을 걸어야 하고, 출퇴근길마다 높은 언덕을 오르내려야 하는 이 집에 70만 원씩이나 월세를 낼 것 같지 않았다.

그래도 과장님들은 굴하지 않고 또 다른 집으로 나를 안내했다. 많은 집을 봤지만 내 마음에 딱 드는 집을 찾는 건 어려웠다. 역시 또 내 표정을 읽은 과장님들은 다음과 같은 말로 분위기를 반전시키려 애썼다.

"얼마 전에 저희 직원 중 한 명도 이 빌라 건물에서 집 한 채를 샀어요."
"아, 어머님. 내가 여기 건축주한테 우리 어머님 이사 비용은 빼 달라고 애써 볼게요."

중개업자들이 말하는 '이사 비용'은 무엇이며 어느 정도의 돈일까? 신축 빌라 분양 전단지에는 종종 '이사비 지원'이란 문구가 적혀 있다. 말이 이사 비용이고 집값을 좀 깎아 주겠다는 이야기다. 빌라를 보러 갈 때마다 건축주 쪽 사람들도 꼭 그 이야기를 했다. 그들이 말하는 이사 비용은 100만 원에서 약 200만 원 정도로, 자기들이 매긴 집 가격에서 그 정도는 '네고'할 여지를 남겨 둔 거다.

어머니와 나는 또 다른 분양 업체 B를 찾았다. 이번에는 덩치가 큰 남자 과장님이 우리를 안내했다. 과장님이 보여 준 집들도 그리 마음에 들지 않았다. 첫 번째 집은 구산역에서 정말 가까운 작은 빌라였다. 방 두 칸에 거실도 있고 화장실도 있는데, 거실 소파와 화장실이 마주 보고 있었다. 집을 보고 나오면서 과장님은 나에게 이 집이 어떠하냐 물었다.

"그런데 TV 놓을 자리가 없던데요? 소파와 TV를 바꿔 놓으면 화장실 문이 가려질 테고요." "그렇죠. 그거 때문에 지하철역 바로 옆에 있는데도 가격이 1억 7000만 원밖에 안 하는 거예요."

나는 과장님의 말이 어딘가 이상하게 들렸다. 누군가가 이 집을 보러 왔을 때, TV 놓을 자리가 없는 이상한 구조라는 사실을 발견하지 못했거나 생각하지 못했거나 아무렇지 않게 여겼다면, 이 집을 그대로 팔려고 했던 걸까?

과장님은 다음 집으로 향하는 동안 빌라를 이용한 투자 수익 창출에 대해 이야기했다. 듣다 보니 결국 본인 이야기였다. 빌라를 두 채 사 놓고, 그 집에서 월세를 받고 있다는 뻔한 이야기. 나는 예의를 차려 맞장구를 쳐 주었다. 뒷자리에 앉은 어머니는 "젊은 분이 아주 건실하시네."라며 칭찬했다.

두 번째 집은 매우 높은 언덕에 위치한 빌라 단지였다. 들어가자마자 은평구 일대의 풍경이 한눈에 들어왔다. 그럴 수밖에 없는 게 한쪽 벽이 아예 사선 형태의 통유리 창이었다. 방은 두 칸, 거실은 집의 한쪽 면을 차지한 유리에 맞게 넓었다. 잠깐, 분명 어머님이 사실 곳이라고 말했는데 왜 이런 집을 보여주는 거지?

"집이 뭐 특이하고 예쁘기는 한데, 어머님 혼자 사시기는 좀 그렇네요." "빌라로 돈을 벌려면 이런 특이한 포인트가 있는 집을 사야죠."

저기요……, 투자가 아니고 실거주라니까요? 약간 짜증이 났지만 겉으로는 내색하지 않았다.

분양 업체 두 곳을 통해 빌라 관광을 다니면서, 나에게는 '사람들'이 눈에 띄기 시작했다. 가장 먼저 눈에 띈 건 신축 빌라 분양 사무소에서 만나는 실장님들. 그들은 아직 분양되지 않은 집 한 채를 꾸며 놓고 집을 보러 찾아오는 사람들을 그곳으로 안내한다. 일단 사무소에 들어가면 실장님들은 마실 것부터 권했다.

음료를 간단히 마시면서 집 내부를 살펴보는 동안 실장님들은 주변 환경, 건축에 쓰인 자재, 옵션으로 설치된 조명과 싱크대, 붙박이 에어컨 등 집의 장점들을 설명했다. 내가 만난 실장님들은 모두 여성분들로, 특히 내 어머니에게 살가웠다. 30대 중반으로 보였던 어떤 실장님의 말투가 특히 기억에 남았다.

"어머니, 커피라도 한잔 드릴까?"

"아, 어머니 부엌 쪽에 창문 있는 걸 원하시는구나."

"여기 바로 위가 옥상이라서, 어머니가 고추 말리시기에도 참 좋아."

나는 그런 '친근한 반말'이 살짝 신경 쓰였지만, 오히려 어머니는 아가씨가 얼굴도 이쁘고 싹싹하다며 칭찬했다. 하지만 나는 그런 실장님들을 볼 때마다 불안해졌다. 새집이 아닌 누군가가 살던 집을 보러 다닐 때 만나게 될 사람은 크게 부동산 중개인과 집주인 둘이다. 간혹 여기서 한 명이 더 늘어나기도 하는데 그 집에 살고 있는 세입자다. 여기에서 가장 말이 많은 사람은 부동산 중개인이다. 집주인은 만날 때도 있지만 못 만날 때가 더 많고, 세입자는 집에 대해 이것저것 설명하는 경우가 거의 없다.

그런데 신축 빌라를 보러 다니며 만난 사람들은 모두 말이 많았다. 빌라 관광을 앞장서는 과장님, 분양 사무소를 지키는 실장님 그리고 빌라를 지어 파는 빌라 업자까지. 그들은 모두 미소를 지으며 친절한 태도로 말하지만, 그때마다 나는 '혹시 내가 호구가 되는 게 아닐까'가 조금은 두려웠다. 그들이 신축 빌라를 사야 하는 이유와 그 장점에 대해 늘어놓을 때면 특히 더 불안했다.

◇

부동산 중개인은 법으로 정해진 요율에 따라 중개 수수료를 받는다. 과장님들은 신축 빌라를 살 때 좋은 점 중 하나로

이 중개 수수료를 내지 않아도 된다는 것을 강조한다. 그런데 수수료를 내지 않을 뿐이지 그만큼 돈을 아낄 수 있는 건 아닌 듯했다.

과장님들이 국민의 주거 안정을 위해 자발적으로 나서서 기름값을 써 가며 빌라 관광을 안내하는 거라면, 그건 정말 아름다운 미담일테지만 과장님은 빌라 건축주에게 미리 약속된 수수료를 받을 것이고, 분양 사무소를 지키는 실장님 또한 무료 봉사할 이유가 없으니 따로 돈을 받을 것이다. 빌라 업자는 그들에게 줄 수수료까지 더해서 집의 가격을 산출했을 것이다.

그렇다면 내가 지불하는 집값은 과연 적정한 시세일까? 자신의 일을 열심히 한 그들이 인건비를 받는 건 당연하지만, 이유가 어떻든 돈을 쓰는 내 입장에서는 그들이 서로 작당한 사람들처럼 보였다. 나의 선택 하나로 적어도 세 명 이상의 사람들이 먹고사는 거였으니까. 그런 생각까지 미치자 정말 호구는 되고 싶지 않았다. 하지만 안타깝게도 신축 빌라를 구매하는 과정에서 내 편은 아무도 없었다. 인생 대부분의 일이 그러하듯.

TIP

빌라, 이것만은 꼭 확인하자

역세권 빌라를 찾는 이상, 전망은 포기하는 게 좋다. 빌라가 밀집된 지역은 거실 창문 밖으로 다른 빌라의 벽이나 맞은편 집 내부가 훤히 보이는 경우가 많다. 하지만 전망은 그렇다 쳐도 채광은 포기하면 안 된다. 빛이 잘 들어오는 것만큼 중요한 것은 없다.

필로티 주차장은 최대한 많은 면이 열려 있는 곳이어야 좋다. 차가 한쪽으로만 들어오고 나갈 수 있으면, 분명히 차를 빼 주거나 빼 달라고 해야 하는 상황이 생기기 때문이다.

한 층에 여러 세대가 있으면 문이 제대로 열리고 닫히는지, 현관문의 위치를 확인하자. 자칫 다른 집 현관문과 내 집 현관문이 부딪힐 수 있으니, 이왕이면 각 세대의 현관문이 일렬로 배치된 형태가 좋다.

엘리베이터가 있는 빌라라면 소음도 꼭 확인해야 한다. 엘리베이터실과 맞닿은 방은 없는지 체크하자. 현관문이 엘리베이터와 마주하고 있는 게 훨씬 낫다. 꼭대기 층도 이 소음에서 완벽히 자유로울 수는 없으니 소음에 예민한 사람이라면 꼼꼼하게 확인해 보아야 한다.

누구도 믿지 못하는
신축 빌라 구매 계약의 세계

불안과 두려움이 증폭되어 갈 때쯤 어머니는 새로운 '과장님'을 만났다. 부동산 관련 일을 하는 먼 친척 아저씨로부터 소개받은 분으로, 나와 같은 '강 씨' 집안사람이라고 했다. 같은 성씨의 과장님을 만났다고 해도 불안과 두려움은 사라지지 않았다. 그런데 직접 뵙고 나니 마음이 놓였다. 강 과장님이 마음에 들었던 건 그가 과하게 친절한 사람이 아니었기 때문이다. 애써 웃으려 하지 않았고 일부러 많은 말을 하지도 않았다. 자신보다 나이가 많은 내 어머니와 나이는 자신보다 어리지만 집을 사려고 하는 고객인 나에게 상당 부분 예의를 지키는 정도였다. 또 그는 함께 본 신축 빌라의 장점뿐만 아니라 단점에 대해서도 이야기해 주었다.

"이 집 작은방은 바로 옆이 엘리베이터실이에요. 그래서 소음이 날 수 있어요."
"여기는 거실 창문 밖으로 고압선이 지나가요. 그래서 전망을 좀 가리는 것 같네요."

강 과장님은 이런 이야기를 분양 사무소 실장님이 멀리 있거나 잠깐 자리를 비웠을 때 나에게만 살짝 귀띔해 주었다. 앞에서 대놓고 집의 단점을 말하는 건 업계 관행을 어기는 일일지도 모른다고 생각했다. 그리고 과장님은 내가 마음먹고 있는 집의 조건들이 모두 부합할 수 없다는 점도 지적했다. 내가 감당할 수 있는 예산으로는 내가 사고 싶은 집을 살 수는 없다는 거였다. 나도 충분히 깨닫고 있었다.

적당한 가격으로 적당한 위치의 집을 산다면 나는 그 집의 재산으로서의 가치를 상당 부분 포기해야 했다. 하지만 대출을 더 받아 역세권에 위치한 집을 산다면 매달 더 많은 이자를 내야 할 테고, 결국 생활비 일부분을 포기해야 했다. 재산 가치든 생활비든 결국엔 돈을 포기해야 하는 일이었다. 나는 집의 재산 가치를 키우고 생활비를 포기하기로 마음먹었다. 그리고 집을 사는 과정에서 호구가 될 수밖에 없다는 사실을 깨닫게 되었다.

신축 빌라 가격이 결정되는 과정은 내가 신고 있는 신발 가격이 결정되는 것과 그리 다르지 않다. 인건비, 자재비, 마케팅비, 그 과정에서 또 투입된 인건비, 유통 과정에서 생겨나는 마진율 그리고 판매자가 가져갈 수익까지 더해져 정해지는 것이 가격이니까. 나는 이렇게 생각하면서 불안과 두려움을 가라앉히려 노력하는 동시에, 협상 과정에서 집 가격을 깎을 수 있을 만큼 최대한 깎아 보기로 결심했다. 호구가 되더라도 만만한 호구는 되고 싶지 않았기 때문이다.

◇

얼마 후, 우리는 집을 계약했다. 구산역에서 도보로 5분가량 걸리는 이 신축 빌라는 대로변에서 한 블록 뒤에 위치해 있었다. 100퍼센트 일렬 주차가 될 정도로 주차 공간이 넓지는 않았지만, 그래도 매번 차를 빼 달라고 전화해야 할 정도로 협소하지는 않았다. 당연히 엘리베이터도 있었다. 집의 구조는 반듯했다. 그동안 어머니는 여러 신축 빌라를 둘러보며 '집이 반듯하지 않다'는 말을 자주 했다. 아무래도 한 건물에 쓰리룸과 투룸을 섞어 집을 만들다 보니, 딱 떨어지는 구조의 투룸을 찾는 건 어렵겠다고 생각했다.

거실 창문 바로 앞에는 나무가 많은 단독 주택이 있었고, 그 앞에는 대로변과 맞닿은 건물이 있었다. 자동차가 다니는 도로와 가까웠지만 단독 주택과 건물 덕분에 아늑한 느낌이 들었다. 멀리 북한산도 보였다. 평소 식물 가꾸는 걸 좋아하고, 등산을 즐기는 어머니는 거실 밖의 풍경을 마음에 들어했다. 단, 이 자리에 새로운 신축 빌라가 들어서서 조망을 해칠 가능성이 있었다.

강 과장님은 단독 주택이 사방에 가로막힌 위치에 자리해 새로운 빌라가 들어서기 어려울 것이라고 했다. 물론 단독 주택과 그 앞에 있는 건물을 함께 매입한다면, 그 자리에 더 크고 높은 건물을 세울 수도 있었다. 하지만 어디까지나 가능성의 이야기. 나는 이 집의 위치가 좋았다. 구산동 일대에 살며 자주 가던 수제 맥주집과 횟집이 가까웠다. 평소 자주 들리던 카페도 근방에 있었다. 10분 정도 걸어가면 구산동 도서관 마을도 나왔다. 이 집은 내가 처음 생각했던 재산으로서의 가치도 충족시켰지만, 내가 살고 싶은 집이기도 했다.

문제는 역시 집값이었다. 분양 사무소 실장님이 말한 집값은 2억 2800만 원이었다. 1억 3500만 원을 염두에 두고 집을 알아보다 2억만 넘기지 말자고 다짐했던 나는 결국 2억이 훨씬 넘는 집을 마음에 들어 한 것이다.

이 집을 포기할 수도 있었다. 하지만 어머니도 나도 빌라 관광에 지친 상태였다. 더 돌아다닌다고 한들 이만큼 마음에 드는 집을 찾을 거란 보장도 없었다. 나는 어머니에게 더 집을 보러 다니는 건 의미가 없다고 말했다. 그렇게 이 집을 사기로 마음먹었다.

대신 깎을 수 있을 만큼 깎기로 했다. 나는 가격 협상을 원한다고 말했고, 실장님은 어느 정도를 생각하고 있느냐 물었다. 2억 1000만 원을 제시하려는 순간 '어차피 나는 가격이 저렴할수록 유리한 게 아닌가? 저쪽에서 내 가격에 동의하지 못하면 협상은 이어지거나 결렬되겠지. 아무렴 어때!' 하는 마음이 들었다. 그렇게 '2억'을 이야기했다. 실장님은 놀라는 표정이었다. 하지만 나는 그분이 일부러 더 과하게 놀라는 척을 한게 아닐까 싶기도 했다.

"한 300만~400만 원 정도 빼는 건 모르겠는데 그렇게
는 어렵죠."

나는 살짝 웃으며 아무 말도 하지 않았다. 강 과장님도 가만
히 계셨다. 이 상황에서는 어느 편에도 설 수 없었을 것이다.
결국 협상은 나 혼자 해야 할 일이었다. 바로 그때 실장님은
"일단 저희 이사님께 전화를 드려 볼게요."라고 먼저 말을 꺼
냈다.

실장님이 말한 이사님은 분양 업자 혹은 분양 업자만큼 높
은 직위에 있는 사람으로, 매매가를 정할 수 있는 듯했다. 실장
님은 "이사님, 손님이랑 이야기 중인데, 제가 결정할 수 있는
금액 정도가 아니라서요."라고 말했다. 그러면서 은연중에 그
가 분양 사무소까지 오는 일이 꽤 특별하다는 걸 강조하고 있
었다. 평소에도 그러면서 괜히 생색을 내나 했지만.

잠시 후 이사님이 도착했다. 50대 중후반 정도 되어 보이는
온화한 얼굴의 여성분으로 나는 그 느낌도 믿지 않으려 했다.
바로 돈 이야기가 나오지는 않았다.

"어머님이랑 두 분이서 사시려는 거예요?"

"아니요. 저는 지금 나와 살고 있고, 어머니 혼자 사실 집을 사려는 거예요."

"혼자 사시기에는 딱 좋은 집이죠. 대출은 어느 정도 받으시려고요?"

"9000만 원 정도요."

"저희한테 대출을 도와드리는 분들이 있어요. 그분들이 잘해요. 3퍼센트대에서 받으실 수 있을 거예요."

"아니요. 제가 주거래 은행에 가서 대출 진행하려고요."

"직접 하신다고요?"

"네."

　이사님의 얼굴에서 살짝 난감한 기색이 보였다. 신축 빌라 분양 과정에서 대출 진행을 맡아 주는 또 다른 사람들이 있다는 건 들어서 알고 있었다. 3년 전에 신축 빌라를 산 한 친구는 그때 자신이 직접 한 건 하나도 없다고 했다. 과장님들 차를 타고 집을 보러 다녔고 그중에 하나를 선택해 계약하자 대출까지 알아서 해결해 주었다고 했다. 하지만 나는 내 집을 사는 과정에 내가 모르는 누군가를 끼워 넣고 싶지 않았다. 그 과정에서 쓸데없는 수수료들이 나갈지도 모르는 일이었다. 무엇보다 내 개인 정보와 연봉 수준 등을 다른 사람들에게까지 알리고 싶지 않았던 것이다.

그렇게 이사님과 이런저런 이야기를 했고, 이사님은 어머니에게 든든한 아드님이 있어서 좋겠다는 말도 했다. 나는 그냥 웃기만 했다. 이런저런 대화로 약간의 시간이 흐른 후 이사님은 다시 말을 꺼냈다. "2억 2800만 원에서 800만 원 정도 빼는 건 어떻게 한번 해 볼게요." 자기가 매매가를 결정하는 위치에 있지만 매매가를 깎는 일이 쉽지 않다는 듯한 말이 이상했다. 나중에 안 사실이지만, 등기부등본상 이 신축 빌라의 주인은 또 다른 사람이었다. 내가 만난 이사님의 남편일 수도 혹은 동업자였을 수도 있겠지. 아니면 이사님도 분양 업자에게 고용된 직원이었을 수도 있고.

◇

어쨌든 나는 일단 800만 원을 깎았다고 생각했다. 여기서 계약해도 될까. 이 정도 깎았으면 괜찮은 거 아닐까. 그때 나는 다시 불안해졌다. 800만 원을 깎아도 굉장히 호구가 될 것 같았다. 실장님은 최대 400원만까지 가능하다고 했고, 이사님은

800만 원을 빼 주겠다고 했다. 400만 원에서 800만 원으로 두 배나 깎았지만, 2억 2000만 원에 이 집을 산다고 해도 나는 왠지 호구가 될 것 같았다. 호구일망정 만만한 호구는 되고 싶지 않았다. 그들이 더 큰 금액을 내놓기를 원했다. 나는 일부러 여전히 탐탁지 않다는 듯한 표정을 지었다.

"좀 더 깎아 주시면 안 될까요? 저로서는 어머니를 편하게 모시고, 또 언젠가는 제가 살지도 모르는 집을 사야 하는 상황입니다. 그런데 가진 돈은 별로 없고, 그래서 대출을 많이 받아야 하는 상황이에요. 일단은 제가 대출받을 수 있는 한도 안에서 이 집을 살 때 내야 하는 취득세까지 해결했으면 해요."

약간의 침묵이 흘렀다. 서로에게 불편한 침묵이었다. 먼저 깨는 사람이 지는 게 아닐까, 하는 생각에 나는 끝까지 입을 떼지 않으려 했다. 그때 강 과장님이 소파에서 일어났다. 그러더니 이사님에게 "잠깐 이야기 좀 하시죠."라고 말했다. 두 사람은 분양 사무소의 작은 방으로 들어갔다.

이때 강 과장님은 왜 나선 걸까? 처음에는 나를 도와주기 위해서 그런 거라 생각했다. 그런데 과장님 역시 자기 일을 한 게 아닐까. 나는 그와 함께 열 채가 넘는 집을 봤지만, 이제야 처음으로 가격 협상에 나섰다. 이 협상이 결렬되면 그는 나와 또 다른 집을 보러 다니거나, 그냥 이대로 중개를 끝내야 했다. 강 과장님 입장에서도 이 협상이 어떻게든 타결되어야 수수료를 받을 수 있을 테니까. 이렇게까지 생각한 이유는 이후 이사님이 제시한 금액 때문이었다.

5분쯤 지났을까. 방에서 두 사람이 안 좋은 표정으로 나왔다. 강 과장님이 나를 향해 말했다. "제가 이사님께 조금 더 신경 써 달라고 했으니까, 이 정도 선에서 계약하시죠." 그리고 이사님이 새로운 금액을 말했다. "우리 강 과장님이 부탁하시고, 또 우리 어머니 이사도 하셔야 하니까, 이사비를 빼 드리는 정도로 해서 200만 원 더 빼 드릴게요."

그리고 이사님은 강 과장님을 향해 밉지 않게 꾸짖는 눈짓을 했다. '내가 너 때문에 손해를 봤다'란 식의 제스처였고, 그 눈짓을 나에게 보여 주면서 '당신이 이겼다'는 메시지를 전했다.(물론 어디까지나 내 생각이다.) 나는 '고작' 200만 원이라고 생각했다. 500만 원은 되어야 하는 거 아니야? 물론 과장님은 내가 이 금액에 만족하지 못할 걸 알았을 테지만, 더 큰 금액은 이사님이 받아들이지 않을 거란 것도 알았을 거다.

과장님은 자신이 직접 나섰다는 걸 어필하며 이제 고집을 그만 부리라고 하는 것 같았다. 마음에 들지 않았지만 계약서를 쓰겠다고 말했다. 내가 이겼다고 생각해서가 아니었다. 어차피 이 게임에서 나는 호구고 패자일 수밖에 없다. 다만, 나는 이 과정에서 나름의 시간을 끌며 그들이 여러 번에 걸쳐 다른 금액을 말하도록 했다.

◇

야구에서는 져도 잘 져야 한다는 말이 있다. 어차피 질 것 같은 경기면 감독은 추격조나 신인 투수를 내보낸다. 필승조 투수를 아끼면서 다음 경기의 승리를 기대하는 동시에 신인 투수에게 경험치를 주는 것이다. 또 어차피 질 경기라면 상대 팀의 불펜 투수를 소모시키는 것도 '져도 잘 진 경기'의 전략이 된다. 나도 그럭저럭 분양 업자의 불펜 투수를 소모시켰다고 생각했다. 아쉽게도 우리 사이에 다음 경기가 없겠지만…….

그렇게 집을 계약하고, 그날 밤 나는 페이스북에 미리 찍어 둔 빌라 내부 사진과 함께 다음과 같은 글을 포스팅했다.

"2017년 5월 5일. 어린이날을 맞아 어머니에게 드릴 어
버이날 선물로 작은 빌라 하나를 샀다."

선물의 스케일이 남다르다, 역시 효자다, 이직하더니 월급
을 많이 받나 보다 등 많은 친구가 축하의 댓글을 달아 주었다.
일단 집을 사는 과정에서 가장 어려운 일인 집을 선택하고 계
약하는 일까지 끝냈으니 큰 산을 넘은 거였다. 맥주 캔 하나를
땄다. 이제 은행에 가면 되는 건가, 대출을 진행하고 짐을 정리
하고 이사를 준비하면 되겠지. 모든 게 완벽하다고 생각하며
잠자리에 들었다. 하지만 그 또한 내 착각이었다. 며칠 후 나는
더 큰 장벽을 만났다. 다름 아닌 나의 어머니였다.

계약금은 얼마나 내야 할까

계약금은 집을 사고파는 사람들이 서로를 믿지 못해 주고받는 돈이라고 이해하면 좋다. 집주인은 집을 사기로 한 매수인(혹은 임차인)이 말을 바꿀 경우를 대비하고, 집을 사려는 사람은 매도인(혹은 임대인)이 그 집을 다른 사람에게 팔 경우를 대비하기 위해서다.

계약금을 주고받았다고 해서 계약 파기가 불가능한 것은 아니다. 집을 팔기로 한 사람이 계약을 파기할 경우에는 받은 계약금의 두 배를 돌려줘야 하고, 사기로 한 사람이 파기하는 경우라면 지불한 계약금을 모두 포기해야 한다.

부동산 매매 계약 시 지불해야 하는 계약금은 통상 집 매매가의 10퍼센트 정도다. 금액은 충분히 조율 가능하다. 나 역시 집을 사는 과정에서 어려운 내 사정을 이야기하고 계약금을 500만 원으로 조정했다. 계약서를 쓰고 나면 더 좋은 집이 눈에 들어오기도 하고, 자신의 선택이 후회스러울 때도 있다. 부득이한 이유로 계약을 파기해야 할 때도 있다.

계약금을 적게 냈다면 그 돈을 포기하고 다른 선택을 할 수 있지만, 액수가 클수록 선택을 돌이키기는 어렵다.

어머니가 쏘아 올린
예상치 못한 반격

독립을 선택하면서 시작한 금연은 순조로웠다. 너무 순탄해서 의외였다. 스무 채 가까운 신축 빌라를 보러 다니며 극심한 불안과 두려움을 느끼는 동안에도 담배는 피우지 않았다. 그런데 집을 계약하고 이틀 뒤, 나는 다시 담배를 물었다. 그러지 않고서는 감당할 수 없는 스트레스 때문이었다.

어머니가 전화를 걸어왔다. 어머니는 내게 "아무래도 그 집을 사는 건 아닌 것 같다."라고 말했다. 사실 매매가를 협상하는 동안 나는 분양 업자들을 상대하느라 어머니를 신경쓰지 못했다. 어머니는 아들이 너무 많은 돈을 대출받는 게 아닐까 걱정했던 것 같다. 무엇보다 집이 마음에 들지 않았다. 가장 큰 이유는 집의 크기였다. 방 세 칸에 화장실이 두 개, 앞뒤로 베란다까지 있는, 살고 있던 반전세 집에 비하면 훨씬 작은 집인 것이 분명했다.

게다가 집주인이 우리에게 그 집을 2억에 팔겠다고 제안까지 한 상황이었다. 어머니는 조금 더 저렴한 가격에 훨씬 더 큰 집을 사는 게 낫다고 판단했고, 거기에는 누나 부부의 의견도 한몫했다. 집 계약을 한 후, 어머니와 함께 집을 보러 간 누나는 집이 너무 작다고 말했다. 어머니는 귀가 얇은 사람이었다. 그리고 당신 입장에서 충분히 할 수 있는 이야기였다. 하지만 나는 화가 났다.

◇

나에게는 집을 사겠다는 결심부터가 어려운 일이었다. 수많은 불안과 두려움 속에서 집을 보러 다닌 끝에 마음을 다잡고 계약금 500만 원을 걸어 계약서를 썼다. 이제 다 끝났다고 생각했는데, 어머니가 이렇게 나오자 순간 나는 그 모든 불안과 두려움의 고통을 인정받지 못했다는 생각도 들었다. 누나의 한마디 역시 큰 고통이었는데, 바로 8년 전 기억 때문이었다.

2012년에도 나와 어머니는 집을 사려고 했다. 아버지가 돌아가신 후, 반지하에서 탈출하는 동시에 이제는 이사 다니는 불편을 그만 겪고 싶다는 생각이었다. 그때도 빌라 관광을 다니며 투룸으로 지어진 신축 빌라 하나를 계약했다. 이번처럼 어머니 혼자 살 집을 찾았던 건 아니고, 어머니와 함께 살 생각이었다.

연신내역과는 도보로 약 10분 정도 떨어진 곳으로, 5층짜리 빌라의 5층에 위치한 집이었다. 주차장은 넓었지만 엘리베이터는 없었다. 계단으로 5층을 오르내리는 게 어머니에게는 무리이긴 했다. 하지만 그때도 어머니와 나는 합의하에 그 집을 계약했다. 매매가는 1억 5500만 원이었는데 500만 원을 깎았고, 계약금으로는 1500만 원을 걸었다. 규정에 따라 매매가의 10퍼센트를 계약금으로 내야 한다길래 그대로 따른 것이다.

계약서를 쓰고 나서 어머니에게 '이제 돌이킬 수 없다'는 점을 신신당부했다. 계약금으로 그 큰돈을 낸 상황에서 다른 집은 더 볼 필요도 없고, 이 집을 꼭 사야 한다고. 하지만 그때도 어머니는 누나 부부의 이야기를 듣고 입장을 바꿨다. 매형은

왜 이런 집을 그 돈을 주고 사느냐, 기자라는 애가 왜 이런 판
단을 했느냐, 나를 다그쳤다.

나를 둘러싼 모든 상황을 비관했던 것 같다. 어머니는 물론
이고 돌아가신 아버지를 원망하기까지 했다. 당신들에게 집이
있었다면, 내가 이런 상황에 놓이지도 않았겠지. 당신들에게
집이 있었다면, 나는 내가 번 돈으로 내가 살 집만 결정하면 됐
겠지. 하지만 어렵게 산 당신들의 집은 빚 때문에 급매로 넘겨
야 했고, 그렇게 집을 판 돈으로 빚을 갚았고, 남은 돈으로 월
세방을 얻어야 했다. 내가 취직한 후에야 3500만 원을 대출받
아 조금 더 넓은 반지하로 집을 옮길 수 있을 만큼 우리 집은
상황이 안 좋았다.

갑자기 바뀐 어머니의 태도에 그때의 나는 "집에 대해 더는
아무런 신경도 쓰지 않겠다."라고 선언했다. 매형은 보증금을
더 보태 주겠다고 했다. 어머니는 부동산 중개인과 돌아다니며
나 홀로 아파트 한 채를 보고 오시기도 했다. 나는 알아서 하라
고 했다. 우리 가족은 좀 더 넓고 쾌적한 반전세 집으로 이사를
갔고, 분양 업자에게 냈던 계약금 중에서 500만 원만 돌려받을
수 있었다.

8년 후 똑같은 상황이 되풀이되자 나는 그때보다 더 큰 분노를 느꼈다. 어머니는 조금 더 저렴한 가격에 훨씬 싼 집을 살 수 있다고 판단했겠지만, 나에게는 조금 더 저렴한 가격에 역세권에서 멀어진, 엘리베이터도 없는 오래된 빌라를 사는 일이었다. 9000만 원을 대출받느냐 7000만 원을 대출받느냐는 중요하지 않았다. 재산으로서의 가치를 따져 봤을 때 그 집은 내 기준에 충족되지 않았다. 무엇보다 살고 싶지 않은 집이었다.

어머니에게 온갖 짜증과 화를 내고 오피스텔을 나왔다. 밤 12시였다. 손이 부들부들 떨리고 한숨이 마구 나왔다. 담배가 생각나 바로 담배를 샀다. 누군가에게 하소연을 하고 싶었다. 홍대에서 타로집을 운영하던 친구에게 전화를 걸었고, 택시를 타고 그곳까지 갔다. 복채도 받지 않고 카드를 섞은 친구는 잘 될 테니 걱정하지 말라고 해 주었다. 기분이 좀 나아지는 듯했지만 나는 계속 담배를 피웠다. 그리고 다음 날 아침, 어머니는 다음과 같은 내용이 담긴 장문의 카톡을 보내왔다.

"병진아, 화부터 내지 말고. 그 집은 아무리 생각해도
짐 놓고 살려면 답답하다. 그 돈이면 차라리 살고 있는
이 집을 사자. 투자 가치도 그렇고 여러 가지로 낫다. 계

약금 못 돌려받아도 이 집을 산다면 집주인에게 좀 깎

아 달라고 해 볼게."

그러면서 "엄마도 누나와 같은 생각이니 한 번 더 꼼꼼이

생각해 보자. 집 사는 게 쉬운 일은 아니니 성질을 좀 죽여라.

하고 싶은 대로 도와주지 못해 미안하고 가슴이 아프다."라는

말을 덧붙였다. 출근길에 날아온 메시지를 읽다가 또 속이 쓰

렸다. 그래도 바로 전화를 걸어서 화를 내는 대신, 내 입장을

가다듬어 답장을 보냈다.

"지금 사는 집도 내가 은행에 감정 봐 달라고 등기부등

본 떼어다가 넣어 놨어. 감정가가 너무 낮게 나와서 필

요한 만큼 대출을 못 받으면 어차피 살 수 없어. 난 나대

로 어렵게 마음먹었고, 수없이 계산하고 고민하면서 집

을 사야겠다 결정한 거야. 그런데 이런 식으로 또 틀어

지니까 너무 힘들어. 더 이상 이런 고민을 하고 싶지 않

아. 다 짜증 나고 피곤하고 그래."

어머니는 여기에 "능력이 없어서 미안하다."라는 답장을 보

내왔다. 답장 치는 손은 빨랐다.

"지금 난 내 전 재산을 다 끌어오고, 거기에 대출받을
수 있는 돈까지 다 긁어모아야 해. 그런데 그렇게 마련
한 돈으로 왜 내가 살고 싶지도 않은 집을 사야 하는지
모르겠어. 나는 정말 나중에라도 그 집에서 살고 싶지
않아. 엄마는 지하철역까지 그 정도면 가깝다고 말하지
만, 그건 매일 출근하지 않는 엄마 입장에서야.
그 집에서 계속 살고 싶었다면, 내가 이렇게 따로 나와
살지도 않았겠지. 좋은데 왜 나왔겠어. 내가 그 신축 빌
라를 사려고 했던 건, 그 위치에 그 정도 집이면 나중에
내가 살아도 괜찮겠다 생각했기 때문이야. 살고 싶지
않은 집을 사라고 하는 건, 나한테 내 전 재산을 버리라
는 이야기랑 똑같아."

내 생각을 정리하는 동안 나는 더 고통스러웠다. 모든 걸 포
기하고 어머니는 어머니대로, 나는 나대로 살고 싶었다.

"나는 그냥 어떤 집도 사지 않을래. 이미 계약한 집을

사겠다고 하면 계속 엄마랑 누나한테 시달릴 테니까.
내가 큰 결심을 해서 한 선택인데, 거기에 가족 중 누구
도 기분 좋게 응원하는 사람이 없다는 게 속상해. 더는
그런 고민을 안고 사는 것도 싫어. 이런 일이 벌써 두 번
째잖아. 난 나대로 마음을 다잡고 있었다가 다리에 힘
이 풀려 밤새 고민하고, 또 괴로워하고 그런다고.
어쨌든 아무 집도 안 살 거니까 강 과장님한테 엄마가
그렇게 말해. 나는 그쪽으로부터 어떤 전화도 받고 싶
지 않으니까."

진심이었다. 나는 할 만큼 했다고 생각했다. 잠시 후 어머니
는 또 긴 답장을 보내왔다.

"그래, 이게 다 엄마 잘못이다. 어려운 우리 상황에서
엄마만 생각했어. 엄마도 괴로웠어……. 이 집에서 나
가는 대신 경기도 쪽에서 집을 알아보든지 할게.
아무튼 우리 아들 건강 챙기고 마음 다스리자. 계약금
은 피같은 돈이지만, 그냥 도둑맞았다고 생각할게. 누
나도 동생 힘 빠지라고 그런 이야기한 게 아니라, 좀 넓

은 집에 살면 좋겠다고 한 거야. 아무튼 엄마도 새롭게 마음먹을게. 강 과장한테는 내가 전화할 테니까, 너는 미안해할 필요 없다."

정말 더 이상 집에 미련을 두지 않기로 했다. 난 다시 계산을 했다. 어머니는 경기도지만 은평구에서 그리 멀지 않은 고양시 원당동 정도로 이사하면 될 것 같았다. 그곳에서 또 반전세나 월세를 구하면 매형이 월세를 지원할 테고, 나는 원래대로 생활비를 드리면 되겠지. 이사 준비를 위해 나름 모아 둔 현금으로 술이나 왕창 마실까 생각했다. 하지만 어머니가 걱정되어 결국 당신의 집으로 발걸음을 옮겼다.

◇

어머니는 저녁상을 차려 놓고 나를 기다렸다. 조기를 넣고 끓인 찌개, 두부조림, 고추 튀김 등이 있었다. 나는 아무 말 없이 야구 중계를 틀어 놓고 밥을 먹었다. 밥상을 치운 후 나는 다시 어머니와 대화를 시도했다. "엄마는 남한테 어떻게 보이는가를 너무 신경 써. 남한테 집이 좀 넓게 보였으면 좋겠다고 생각하는 거잖아." "응, 나는 그런 게 좀 있어." 어머니는 내 말에 고개를 끄덕였다. 나는 다시 내 입장을 이야기했다.

> "우리처럼 가진 게 별로 없으면 남한테 어떻게 보이는 가만 신경 쓰면서 살 수는 없어. 갖고 있는 돈부터 지켜 야지. 우리가 계약한 집은 그런 상황에서 선택할 수 있 는 최선의 방법이야. 엄마는 그 작은 집에 무슨 재산 가 치가 있냐고 하지만 세상이 그래. 엄마가 생각하는 방 식처럼, 평수로만 집의 가치를 판단하지 않아."

그러면서 나는 사람들이 역세권에 있는 집(아파트라면 좋겠 지만.)을 선택하는 이유, 주차장, 엘리베이터, CCTV, 출입 현관 보안 시설 등의 유무를 따지는 이유에 대해 차근히 설명했다. 어머니는 가만히 내 이야기를 들어 주었다.

어머니는 그래도 주저했다. 어머니의 눈에 지금 살고 있는 집은 분명 낡았지만 넓었고, 그동안 살면서 쌓아 온 살림들을 유지할 수 있는 곳이었다. 어머니는 작은 집으로 가야 할 경우, 이 살림의 상당수를 버려야 할지도 모른다는 데서 아쉬움을 느꼈던 것 같다. 그런데 당연하다. 버릴 건 버리고 쓸 만해도 안 쓰는 건 버려야 새로운 집으로 들어갈 수 있다. "그럼 증산동 아저씨한테 한 번 더 물어보자." 어머니가 말한 '증산동 아저씨'는 우리에게 '강 과장님'을 소개해 준 그 친척 아저씨다. 아버지가 첫 집을 살 때도 매매가를 깎는 등 큰 도움을 주셨다. 상황을 전해 들은 아저씨의 답은 명쾌했다.

> "집이 작더라도 역세권에 엘리베이터 있는 집을 사야
> 죠. 병진이도 결혼하면 아파트로 가야 할 거 아니에요.
> 그럼 나중에라도 팔아야 할 텐데, 팔리는 집을 살리려면
> 방이 두 칸밖에 안 돼도 역세권에 엘리베이터도 있어야
> 지. 그리고 신신당부하지만 집을 사려면 올해는 꼭 사
> 야 해요. 작년에 샀으면 더 좋았을 텐데, 이렇게 된 거
> 올해라도 꼭 사세요."

어머니는 아저씨의 이야기를 들은 후에야 마음을 다잡았다. 나는 바로 버려야 할 물건들을 정리해 쓰레기장으로 밀어냈다. 어머니가 다시는 뒤를 돌아보지 않도록 하고 싶었다. 고작 이 조그만 집 하나를 사면서 무슨 갈등이 이렇게도 많은지. 이 모든 상황이 누군가에게는 그저 우스운 이야기에 지나지

않겠다 싶은 생각이 들었지만 사실, 놀랍게도 나에게는 8년 전에도, 25년 전에 부모님이 첫 집을 살 때도, 7년 후에 그 집에서 이사 나와야 할 때도 있었던 일이었다.

아버지의
생애최초주택구입 표류기

처음 내 방을 가진 건 중학교 1학년 때였다. 외삼촌에게 돈을 빌려서 얻은 방 세 칸짜리 반지하 빌라였다. 거기서 다른 반지하 빌라로 옮겨 갔을 때, 아버지 회사는 희망퇴직자 신청을 받았다. 그때 아버지는 평소와 달리 가족회의를 소집해서 퇴직 이야기를 하셨다. 돌이켜 보면 그때 아버지의 은퇴는 매우 적절했다. 3년 뒤 IMF 사태가 터졌고 시간을 더 끌었다고 해도 퇴직은 피할 수 없었을 테니까. 시간을 더 끌었다면 퇴직금만 줄었겠지.

아버지가 잘못된 선택을 한 건 그보다 훨씬 전이었다. 감당할 능력도 안 되면서 왜 빚보증을 섰는지……. 그 사고로 빚이 늘어났고, 아버지는 그렇게 1억 가까운 퇴직금을 받았지만 절반을 빚을 갚는 데 써야 했다. 우리 가족은 돈은 많지 않아도 이제 빚이 없다는 사실에 기뻐하며 1995년 처음 '우리 집'을 마련했다.

그때도 처음부터 집을 사려 했던 건 아니다. 어머니는 아버지와 함께 일산으로 새로 들어선 빌라 단지를 보러 다녔다. 어머니는 전세 4000만 원에 방 네 칸, 거실도 넓은 집을 보고 반했다고 했다. '오랜 단칸방 생활과 반지하 생활에서 벗어나 이제 빛도 들어오는 넓은 집에 살아 볼 수 있겠구나' 싶었을 거다. 하지만 어머니의 바람은 아버지의 이해할 수 없는 의지로 꺾였다. 그렇게 산 집이 지하철역에서 버스를 타고 10분을 달려 내린 다음, 다시 10여 분을 걸어서 기어 올라가야 하는 언덕배기에 위치한 빌라였다는 건 지금 생각해도 기이하다.

우리 가족은 그 집에서 약 7년을 살았다. 그사이에 나는 군대를 다녀왔다. 그런데 그 잠깐 사이에 아버지와 어머니에게는 빚이 또 늘어 있었다. 은퇴한 아버지는 뭔가 다른 돈벌이에 뛰어들었으나 잘 되지 않았다. 어머니는 어머니대로 일을 했고, 누나도 누나대로 일을 했다. 그래도 상황은 쉽게 나아지지 않았다. 카드를 쓸 수밖에 없는 그런 상황이 이어졌다.

7년 후, 우리 가족에게는 다시 1억 넘는 빚이 쌓였다. 7년 만에 다시 가족회의를 했다. 지금 당장 갚아야 하는 빚이 얼마나 되는가를 따져 물어서 계산했다. 부모에게나 자식에게나 참 많이 힘들고 가슴 아픈 과정이었다. 부모님은 그 와중에도 우리가 상처받을 걸 걱정해 조금씩 감추려 했다. 하지만 누나와 나는 집요하게 묻고 따졌다.

계산을 해 보니 결국 집을 팔아야 했다. 그렇게라도 집을 살 때 대출받은 돈을 먼저 갚아야 했다. 나머지 돈은 아버지와 어머니가 개인 파산 신청을 통해 청산하기로 했다. 집을 판다는 건 곧 우리 가족의 분리를 뜻했다. 누나와 내가 한 팀으로, 아버지와 어머니가 한 팀으로 각각 다른 월셋집을 찾아야 했다.

어머니와 아버지가 먼저 이사를 하고 누나와 내가 이사를 했다. 더 넓고 더 좋은 집으로 가는 이사는 몸은 힘들어도 마음만은 행복하다. 하지만 아버지와 어머니는 더 좁고, 더 낡은 집으로 향하고 있었다. 보증금 1000만 원에 월세 30만 원. 방 두 칸에 화장실 하나. 전보다 더 높고 가파른 언덕배기에 위치한 집. 이사를 하는 동안 어머니와 아버지의 표정에는 어떤 희망도 보이지 않았다. 이삿짐센터 아저씨들은 좁은 집에 짐을 정리한 후 "사장님, 부자 되세요."라는 말을 남기고 떠났다. 의례적으로 하는 말이겠지만 그날은 정말 의례적으로 들렸다.

그날 저녁 어머니는 누나와 나를 찾아왔다. 치킨을 먹고 맥주를 마시며 이야기를 하던 중 어머니가 울었다. 누나도 울었다. 나는 누나와 1년을 같이 살다 복학과 동시에 강원도로 내려갔다. 그로부터 6개월 후 누나는 14년에 걸쳐 사랑한 매형과 결혼했다. 내가 졸업 후 취업 준비를 위해 서울로 돌아오면서 다시 어머니, 아버지와 함께 살았다.

우리 가족이 그 집에서 나온 건 내가 취업을 한 이후였다. 3500만 원을 대출받아서 언덕 아래 위치한 방 세 칸짜리 전세 5000만 원의 다세대 주택 반지하로 들어갔다. 이사를 하던 날, 어머니와 아버지의 얼굴에는 희망이 보였다. 우리는 그 집에서 약 5년을 살았고, 그사이 아버지는 위암 말기 판정을 받았다.

이후 방 세 칸에 넓은 거실이 있는 나 홀로 아파트의 꼭대기 층으로 이사했고, 우리 가족은 그때 처음으로 거실 다운 거실을 가져 봤다. 하지만 아버지는 그 거실에 앉아 보지 못했다.

내가 대출을 받아 집을 사면서 미래를 불안해했던 건, 이런 아버지의 사례 때문이다. 아버지는 퇴직 이후 자신의 인생에 대한 준비가 없었다. 정확히 말하면 계획이 없었다. 더는 경제 활동이 불가능한 상황에서 대출로 집값의 절반을 충당한다면, 생활비와 대출금은 어떻게 해결할 것인지조차 고민하지 않았다. 그런 모습을 가장 가까이에서 지켜보며 아버지처럼 나도 은퇴 후에 대출금을 갚지 못하게 될까 두려웠다.

나에게는 여러 선택지가 있었다. 아파트를 계약해서 대출을 많이 받는 것, 역세권에 위치한 넓은 신축 빌라를 계약해서 대출을 많이 받는 것. 하지만 나는 대출이 두려웠다. 어느덧 직장에서 일할 수 있는 날은 길어야 10년에서 15년 정도인 나이가 되었다. 대출을 많이 받았다가 그걸 갚지 못한 상황에서 직장까지 그만두게 되면 나는 아버지의 사례를 반복하겠지. 어머니도 나와 같은 걱정으로 힘들어하셨다.

그나마 다행인 건, 아버지는 쉰네 살에 첫 집을 샀지만, 나는 마흔 살에 샀다는 거다. 또한 은퇴 후에 집을 산 아버지와 달리, 나는 직장 생활을 하고 있으니 앞으로 열심히 갚아 나가기만 하면 될 일이다. 그래도 불안하기는 마찬가지지만…….

—

제5장

지금 당장 2억이 생긴다면
대출금부터 갚고 싶다

구산동 일대에서 10년을 살았지만

내 집, 그러니까 재산이 생기니

평소와는 다른 시선으로 이곳을 바라보게 되었다.

왜 빌라 구입 대출은
아파트 구입 대출보다 까다로울까

내가 집을 사면서 대출받아야 할 돈은 9500만 원이었다. 살고 있던 집의 보증금, 내가 저축한 돈 그리고 외삼촌의 지원까지 모두 합해 보니 9300만 원이 부족했지만, 200여만 원의 취득세도 필요했다. 대출을 위해 직접 은행에 가는 건 처음이었다. 예전에도 대출받은 적은 있지만, 그때는 어머니가 나 대신 진행했다. 그때의 나는 대출받는 게 두려웠고, 서류를 떼고 심사를 받는 등 각종 일을 처리할 엄두가 나지 않았기 때문이다.

하지만 이번에는 내가 직접 뛰어야 했다. 빌라 분양 대출을 대행하는 사람이 있다고는 하지만, 앞서 말했듯 나는 그들이 여기 끼는 게 싫었다. 편리하고 시중 은행보다 많은 금액을 대출받을 수 있다는 장점이 있었지만, 편리하다는 점은 인정할 수 있어도 대출 가능한 액수가 늘어난다는 건 이해할 수 없었다. 대출 한도는 개인의 소득과 재산에 따라 결정되기 마련이니까. 나는 그들이 말하는 방법이 무엇이든 믿기 어려운 마음이었다.

사실 집 계약을 진행하기 전부터 회사 근처 은행에 여러 번 대출을 문의했다. 담당자는 여러 개의 부동산 관련 대출 상품을 소개했고, 내가 '생애최초주택구입자금 대출'을 문의하자 의외라는 표정으로 나를 바라보았다.

"고객님, 그건 연소득 5000만 원(2020년 6월 기준 7000만 원이다.) 이하인 분들에게만 해당되는 상품입니다."

공덕역 근처 직장에 다니는 마흔 살 정도의 남성들은 대부분 연소득이 5000만 원을 넘겼던 걸까. 그러니 나도 당연히 그 정도의 소득을 버는 사람이라고 생각했겠지.

"저 5000만 원 이하인데요?"

"아, 그러시군요."

　적은 연봉을 받는 게 처음으로 감사한 순간이었다. 주택 구입 관련 대출 상품들은 낮은 금리라고 해도 3퍼센트대에서 시작하는 경우가 많다. 하지만 생애최초주택구입자금 대출은 2퍼센트대에서 금리가 결정된다.(연 1.95~2.70퍼센트 사이) 이게 아무것도 아닌 것 같지만 정말 중요하다. 9500만 원을 2.85퍼센트의 이자율로 대출해 360개월 동안 원리금 균등 분할로 상환할 경우 내야 할 이자는 총 4643만 6519원이 된다. 이자율을 살짝 높여 3.05퍼센트로만 잡아도 5000만 원을 넘기는 금액이 나온다. 이자는 0.1퍼센트라도 낮춰야 했다.

◇

　대출을 위해 직접 이리저리 발품을 팔다 보니, 왜 신축 빌라를 구입하는 사람들이 대행 업자를 통해 대출을 받는지 알 것 같았다. 일단 아파트 구입을 목적으로 할 때보다 대출받는 일이 어렵고 복잡했다. 내가 처음 은행에 방문했을 때 직원은 은행 홈페이지를 통해 대출을 신청하면 편리하기도 하고, 아주 조금이지만 이자 혜택도 받을 수 있다고 했다. 그 방법을 안내받고 홈페이지에 들어가 보았으나, 빌라 매매 대출에 대해서는 어떠한 정보도 찾을 수 없었다. 아파트의 경우 자신이 매매하려는 아파트 정보를 입력하면 어느 정도 대출이 가능한가 바로 확인해 볼 수 있었다.(2017년 8월 2일 이후로 주택 시장 안정화 정책에 따라 LTV, DTI 등 각종 규제 및 제한 사항이 변경되었다. 따라서 현재는 온라인으로 대출 한도 조회가 불가능하다.)

다음 날 다시 은행을 찾아 이런 이야기를 하자 직원이 "아, 홈페이지에 그런 게 없나요?"라고 내게 되묻는 게 아닌가. 그러더니 그런 경우라면 감정 평가사를 통해 시세를 파악하는 수밖에 없다는 답변을 다시 내놓았다. 홈페이지를 통해 조금이라도 저렴한 이율로 대출받을 수 있는 것 역시 '아파트' 구매자들에게만 가능한 일이라니……. 나는 조금 서글퍼졌다. 그래도 웃으며 물어보았다.

"감정평가사는 어떻게 부르나요? 건물 감정 비용은 제
가 부담해야 하나요?"

은행 직원은 자신들이 직접 감정 평가사를 보내고, 감정 비용 또한 은행에서 부담한다고 답했다. 나는 은행 돈을 좀 많이 써 보기로 했다. 눈여겨보고 있던 집 두 곳과 어머니와 내가 살고 있던 집까지, 총 세 곳에 대한 감정을 요청했다. 감정가에 따라 내가 대출받을 수 있는 금액이 달라질 테고, 감정가가 낮아 대출 한도가 줄어든다면 집을 살 수 없는 상황이었다. 내 부탁에 은행 직원이 살짝 웃으며 말했다. "아, 은행 돈 너무 많이 쓰시는 거 아니에요?" 나도 웃으며 말했다. "빌라는 아파트처럼 시세가 나와 있는 게 아니니까요." 일주일 후 나는 내가 계약한 집의 계약서 사본과 등기부등본을 가지고 가서 다시 한 번 감정을 봐 달라고 했다. 고맙게도 은행 직원은 내 부탁을 모두 들어주었다.

◇

하지만 은행 직원이라고 해서 은행의 모든 규정과 상품에 대해 빠삭한 건 아니었다. 신용 대출을 전문으로 하는 직원이 부동산 대출이 필요한 고객을 담당하게 될 경우에는 여기저기 전화해 물어보며 업무를 처리하는 게 그들의 일이었다. 가져오라는 서류를 모두 챙겨 가면 며칠 후에 다시 전화가 왔다. 누락된 서류가 있으니 은행에 방문해 제출해 달라고 했다. 잘 정리해 알려 주었다면 한 번에 다 가져갔을 텐데……. 나도 대출받는 일이 익숙하지 않았지만, 그들 역시 마찬가지로 맨땅에 헤딩하듯 대출 승인 작업을 준비했다.

나중에는 '생애최초주택구입자금 대출'이 불가능하다는 말까지 들었다. 다른 대출 상품을 알아봐야 한다는 이 복잡한 상황을 정리한 것은, 다름 아닌 뒤쪽에 앉아 있던 그의 상사였다. 매일같이 은행에 들락날락하는 나를 쭉 봐 오셨던 것 같다.

서류를 다시 검토한 차장님은 걱정 말라는 대답으로 나를 안심시켰다. 이후로도 나는 필요한 서류가 있다는 연락이 올 때면 은행에 방문했다. 그렇게 대출 승인 심사에 필요한 서류가 모두 준비되어 사인하던 날, 차장님은 "감정 내용을 보니 신축 빌라더라고요. 깔끔해서 살기 좋겠네요?"라고 이야기해 주었다. 별 뜻 없는 말이었을 수도 있지만, 나는 그 말이 그렇게 고마웠다.

어차피 당신은 은행에 여러 번 가야 한다

대출에는 정말 많은 서류가 필요하다. 기본적으로 재직증명서, 근로소득원천징수영수증, 주민등록등본이 필요하고, 이사할 집이 정해지면 부동산 계약서 사본, 등기부등본 사본 등을 정리해 다시 은행에 방문하게 된다. 더 필요한 서류가 있다면 은행에서 따로 연락을 줄 것이다.

대출을 위해 적어도 세 번은 은행을 찾아가게 된다. 맨 처음에는 대출 상품을 상담받기 위해 방문한다. 다음에는 상담받은 내용을 토대로 나의 소득이나 재산을 증명해 줄 수 있는 서류들을 지참해 다시 방문하게 된다. 이때는 대출 가능한 상태인지(신용 등급 확인), 대출 가능한 금액이 어느 정도인지 확인해 볼 수 있다.(실제 대출 가능 금액과는 차이가 있다.)

그다음부터는 필요한 서류들을 은행에 전달하며 본격적으로 대출 심사를 진행한다. 생각보다 여러 번 은행에 찾아가야 하는 만큼, 직장인이라면 직장 근처 은행에 방문하는 것이 좋다.

빌라를 구입할 예정이라면 미리 감정을 부탁해 보자. 은행에서 비용을 부담한다고 하니 적극 활용해 보시길.

내 통장에 처음으로
1억 넘는 돈이 찍혔다

이삿날은 집을 계약한 날로부터 두 달 후였다. 그사이 나는 대출 계약을 진행했고, 어머니는 짐을 정리했다. 나는 버릴 수 있을 때 모두 버려야 한다고 말하면서, 특히 10년도 더 넘은 철제 장식장은 꼭 버리라고 신신당부했다. 25년 전 처음으로 '우리 집'이 생겼을 때 산 커다란 서랍장 두 개도, 아버지의 명예퇴직 여부를 두고 빙 둘러앉아 가족회의를 했던 20년도 더 된 오래된 식탁도 모두 버렸다.

그리고 어머니를 위해 침대를 샀다. 바닥에 앉아 있다 일어날 때마다 무릎이 아프다고 했던 어머니는 줄곧 침대를 쓰고 싶어 하셨다. 이사를 준비하며 어머니와 갈등도 많았고, 본의 아니게 마음의 상처를 안겨 드린 것이 계속 죄송스러웠다. 그래서 이번에는 꼭 침대를 놓아 드리고 싶었다. 일룸, 한샘 등 브랜드 가구 매장을 함께 돌아보며 이사 전날 침대가 배달될 수 있도록 했다. 누나는 새로운 소파를 주문했다. 나는 내 오피스텔을 꾸밀 때처럼 신이 나 어머니와 함께 이케아로 향했지만, 역시 어머니 취향과는 거리가 멀었다. 대나무 도마와 컵 몇 개만 구입해 돌아왔다.

어머니는 이사할 집을 자주 찾았다. 집 안을 둘러보며 가구 배치를 고민하거나 지인들에게 자랑 아닌 자랑도 했다. 친구분들은 집은 좀 작지만 혼자 살기에 충분하다거나, 새집이라 깔끔하다거나, 지하철역과도 가깝고 근처에 버스 정류장도 있는 게 예전 집보다 훨씬 좋다거나, 집이 밝아서 참 좋다는 말로 어머니를 달랬다. 어머니는 그런 이야기를 모두 내게 전해 주었는데, 아마 어머니에게 서운해했던 나를 달래고 싶으셨던 모양이다.

2017년 7월, 드디어 이삿날이었다. 짐을 빼고 넣는 것 말고도, 대출이 진행되고 거액의 돈이 오고 가야 하는 가장 중요한 일이 남아 있었다. 보통은 살던 집 집주인에게서 보증금을 돌려받은 다음, 그 돈을 새집 집주인에게 보내는 식이라서 타이밍이 잘 맞아야 한다. 이사 올 사람에게 받은 돈으로 보증금을 돌려주는 경우가 많고, 집 상태를 확인한 다음 돌려주는 경우도 있어 생각보다 많은 시간이 소요된다. 우리 역시 한 시간을 기다려 집주인에게 집 상태를 확인받은 다음 돈을 돌려받을 수 있었다. 그래도 집주인 아주머니와 웃으며 마지막 인사를 나누었다.

◇

이번에는 이사 갈 집 집주인에게 돈을 보내야 했다. 빌라 분양 업자와 분양 사무소 실장님, 분양을 중개한 강 과장님과 내가 분양 사무실에 모두 모여 앉았다.

스마트폰으로 내 통장 계좌를 확인하니 9500만 원이 들어왔다가 바로 빠져나간 흔적이 찍혀 있었다. 은행에서 집주인에게 바로 돈을 송금한 것이다. 그리고 내 통장에는 이전 집주인에게 돌려받은 보증금 8000만 원과 따로 모아 둔 400만 원이 남아 있었다. 나는 미리 보안 카드를 OTP 카드로 바꾸면서 계좌 이체 한도를 늘려 두었다. 집주인의 계좌로 남은 금액을 모두 송금했다.

> "제 통장에 처음으로 1억 넘는 돈이 찍혔는데, 30분 만
> 에 사라지네요."

내가 이렇게 말하자 모든 사람이 웃었다. 그렇게 '내 집을 갖게 되었구나!' 기뻐하려던 찰나 은행에서 전화가 걸려 왔다. 대출 진행 과정에서 서류 승인이 나지 않았으니 빨리 은행에 와 달라는 거였다. 이게 도대체 무슨 소리인가, 또다시 눈앞이 깜깜해졌다. 이유를 들어 보니, 대출 심사를 너무 일찍 진행한 나머지, 대출이 승인된 날짜와 대출 이행 날짜가 너무 떨어져 있었던 거였다. 승인된 날로부터 30일(유효기간) 안에 대출(이사)이 이행되어야 하는 걸 몰랐던 나는, 이런 일이 벌어질 거라고는 꿈에도 생각지 못했다.

은행 직원은 직원대로 당황했다. 나는 왜 은행에서 이런 걸 알려 주지 않았는지 황당해서 당황스러웠다. 은행에서는 일단 다시 서류 작업을 한 뒤 승인을 받아 집주인에게 돈을 보냈다고 했다. 그러고는 상황이 이렇게 됐으니 주민등록등본을 가

지고 은행에 방문해 주었으면 한다고 부탁했다. 사안이 급한 만큼 일단 처리해 두었으나, 내가 이 상황에 대해 충분히 인지하고 동의했다는 기록이 필요한 거였다.

나는 빌라의 감정가가 얼마나 나올지, 또 내가 대출을 얼마나 받을 수 있을지 몰라서 서두른 거였는데 이런 상황이 되어버린 것이다. 나는 몰라도 은행 직원들은 알고 있었어야 하는 게 아닌가……. 신경질을 낼 힘도 없어 오늘 안에 은행에 가겠다고 대답했다. 정말 끝까지 쉬운 게 없었다.

어쨌든 큰 문제 없이 마무리된 후, 나는 분양 사무소 실장님에게 작은 상자 하나를 받았다. 옵션으로 설치된 시스템 에어컨 리모콘과 설명서가 담겨 있었다. 내가 실장님에게 이런저런 설명을 듣는 동안 집주인인 분양 업자와 강 과장님이 작은 방으로 들어갔다. 아무렇지 않아 보일 수 있는 그 그림이 나에게는 흥미로웠다.

두 사람이 이야기를 마치고 방에서 나왔을 땐, 강 과장님 바지 주머니에 두툼한 봉투가 자리하고 있었다. 아, 이렇게 수수료를 현금으로 바로 주는구나! 이사를 다닐 때면 어머니는 부동산 중개인에게 현금으로 복비를 주었다. 그런데 신축 빌라를 둘러싼 수수료는 그 단가부터 다르다.

집을 알아보던 시기에 우연히 이런 뉴스*를 본 적이 있다. 강 과장님 같은 부동산 컨설팅 업체 직원이나 분양 사무소 실장님이 받는 돈을 이 업계에서는 'R'이라고 불렀다. 리베이트(rebate)의 약자로, 신축 빌라 분양 서류에는 이 R과 함께 어떤 숫자가 적혀 있다고 했다. 통상 R1은 100만 원, R10은 1000만 원을 의미하는데, 만약 R10이 적힌 경우라면 계약이 성사되었을 때 컨설팅 담당자와 분양 담당자가 각각 1000만 원씩 가져가게 된다. 이 논리라면 집을 사는 사람은 처음부터 2000만 원을 얹어 사게 되는 셈이다.

집을 사려는 사람이 매매가를 깎으면 깎을수록 그 숫자는 작아진다. 그런데 왜 R일까? 리베이트는 원래 돈을 지불한 사람에게 돌려주는 일 또는 그런 돈을 의미하는 말이다. 그렇다면 R은 강 과장님이나 실장님이 아닌 내가 받아야 하는 돈 아닌가? 'R'이 아니라 커미션(commission)의 약자인 'C'를 쓰는 게 맞다. 이걸 그들이 모를 것 같지는 않았는데, 다만 업계 관행으로 굳어진 용어를 그대로 사용하는 듯했다.

_____

*   송양환, 〈빌라 시장 분양가 '거품'……R자에 숨겨진 비밀〉, MBC 뉴스, 2017. 5. 2

나는 내가 산 집의 'R'이 얼마일지 궁금했다. 과장님 바지 주머니에 있던 돈 봉투 두께로 가늠해 봤을 때 100만 원은 넘어도 1000만 원은 안 될 것 같았다. 이런 계산이 가능했던 이유는 내가 지폐 부피에 대해 조금 알기 때문이다. 2001년 군대에서 제대하고 나는 6개월간 은행 청원 경찰로 일했다.

청원 경찰의 중요 업무 중 하나는 매일 현금 인출기에 돈을 채워 넣는 일로, 그 기본 단위가 1000만 원이었다. 나는 매일 일곱 대의 기계에 각각 3000만 원씩 넣었다. 그 경험에 비춰 보면 1만 원짜리 100장 묶음은 손가락 한 마디가 조금 안 된다. 1,000장 묶음은 거의 손바닥 너비인데 강 과장님이 건네받은 돈 봉투가 5만 원짜리로 가득했다면 봉투의 두께는 손가락 두 마디 정도여야 한다. 그런데 그보다 조금 얇았다.

강 과장님이 받은 돈은 얼마였을까? 내가 생각하는 유력한 R은 최대 R5 정도다. 분양 사무소 실장님이 내게 처음 이야기한 집의 매매가는 2억 2800만 원이었다. 내가 희망 가격을 제시하자, 실장님이 "300만~400만 원은 몰라도 그 정도는 안됩니다."라고 말했던 걸 기억한다. 나는 이 금액이 흥정 가능한 범위이자, 그들이 받을 R에 포함되었던 금액이라고 생각한다.

과장님과 실장님의 R을 최대 1000만 원씩이라고 가정했을 때, 그걸 빼고 업자가 가져가는 돈은 2억 800만 원이다. 그런데 나는 1000만 원을 깎았고 집 가격은 2억 1800만 원이 됐다. 그러면서 과장님과 실장님의 R도 500만 원씩 깎였을 거다. 손가락 한 마디는 넘지만 두 마디는 넘어 보이지 않았던 봉투의 두께도 500만 원에 근접한다. 5만 원짜리 100장이거나, 5만 원짜리 70장과 1만 원 짜리 150장이거나. 하지만 이런 추측이 다 무슨 소용일까. R이 5이든 10이든 그건 중요하지 않았다. 어쨌든 다 내 주머니에서 나올 돈이었을 테니까.

◇

내가 에어컨 리모컨과 함께 분양 사무소를 나오자 이삿짐센터 직원들은 그때부터 짐을 나르기 시작했다. 강 과장님을 배웅하려 하자 "잠시만요!" 한마디와 함께 그가 어딘가로 뛰어가더니, 곧 롤 휴지와 음료수 꾸러미를 들고 왔다. 그러면서 "이후로도 집 관련해서 궁금한 게 있으면 언제든 전화하세요. 부동산으로 돈을 벌려면 일단 그만큼 부동산이랑 친해져야 해요."라고 말을 건넸다. 나는 부동산으로 돈을 불릴 생각은 없었지만 (그럴 돈도 없었지만) "감사합니다." 하고 인사했다.

그리고 나는 은행으로 향했다. 무더운 날이었다. 은행에 도착하자마자 정수기에서 찬물을 뽑아 마시고는 차장님을 찾아갔다. 서류를 제출하고 대출 심사 서류마다 다시 서명했다.

"이제 진짜 끝난 거죠?"

내 물음에 그는 웃으며 그렇다고 했다. 그러면서 영업을 빼놓지 않았는데, 혹시 예금 상품이 필요하면 꼭 자신을 찾아오라는 이야기를 덧붙였다. 나는 "네, 그럼요."라고 답했다.

은행 업무를 마치고 '내 집'으로 돌아와 어머니의 짐 정리를 도왔다. 어머니가 직접 정리해야 하는 것들만 남았을 정도로 정리가 거의 끝나고 나서야 나는 걱정 없이 내 오피스텔로 돌아올 수 있었다. 처음 이 오피스텔로 이사 온 날, 처음으로 나만의 공간이 생겼다는 걸 기념하기 위해 나는 마트에서 한 병에 7000원이나 하는 IPA 맥주를 여러 병 사서 마셨다.

그런데 드디어 '내 집'이 생긴 날이었다. 그렇게 나는 재산을 가진 사람이 된 동시에 비록 대출금을 갚아야 하는 빚쟁이 신세가 되었지만, 그래도 좋았다. 이날을 기념하기 위해 미리

한 병에 1만 4000원이나 하는 맥주를 사 놓았다. 그동안의 번민을 모두 떨쳐 냈다는 그 후련함을 안주 삼아 단숨에 맥주를 들이켰다.

작은 집이라도
내 집이 생기면 일어나는 일

어머니의 안정된 주거 공간을 마련하고 나니, 혼자 사는 내 마음도 조금 편해졌다. 혼자만의 생활이 이제야 본격적으로 시작된 기분이었다. 나는 생각보다 혼자 사는 생활에 어색해하지 않았다. 알고 보니 나는 요리와 청소를 좋아하는 사람이었다. 매주 세탁기를 돌려 빨래를 하고, 여자 친구나 손님이 오는 날에는 방과 화장실을 청소할 정도로 부지런했다.

　나의 공간에서 할 수 있는 일도 늘었다. 나는 컴퓨터의 작은 화면으로 드라마는 봐도 영화 보는 건 그리 좋아하지 않았다. 나의 소파와 TV가 생긴 후로는 소파에 앉아 TV로 영화를 본다. 친구들을 데려와 술을 마시기도 한다.

혼자 살다 보니 눈치 보지 않고 밤늦게 나가는 일도 늘었다. 불광천을 산책하거나, 아예 차를 끌고 일산으로 가 배팅장에서 야구 배트를 휘두르기도 하고, 한강 변에서 강바람을 맞기도 한다.(주차가 편해서 차를 빼 달라고 연락할 일이 없기 때문이다.) 가끔 혼술을 하고 들어오기도 한다. 스마트폰으로 각종 유튜브 영상을 보면서 소주 한 병을 비운다. 주말에는 자고 싶을 때까지 잔다.

◇

내 집이 생긴 후, 나는 내 명의의 그 집을 자주 찾았다. 일주일에 두세 번 정도 가서는 어머니가 해 준 밥도 먹고, 어머니가 해 준 반찬을 얻어 오기도 하고, 일부러 그곳까지 산책을 가기도 한다. 산책하는 빈도도 늘었는데 그 이유는 이 동네에 대한 나의 입장이 바뀌었기 때문이다. 은평구 구산동 일대에서 10년을 살았지만 내 집, 그러니까 재산이 생기니 평소와는 다른 시선으로 이곳을 바라보게 되었다.

예전에는 동네에 새로운 프랜차이즈 매장이 들어와도 그냥

'저런 게 생겼구나'라고만 생각했다. 이제는 구산역 주변에 생기는 새로운 카페나 매장에 따라 집 주변 환경이 바뀔 것이고, 그런 변화가 나의 재산 가치를 변동시킬 거라고 생각해 자꾸 눈길이 간다. 구산역 근처에 스타벅스가 생겼을 때 조금 놀랐다.

최근 이 근처에 나 홀로 아파트 단지 하나가 새로 생겼다. 1층에는 여러 상가가 있는데, 나는 그곳에 어떤 매장이 들어올지도 유심히 보고 있다. 내 집 근처에도 나 홀로 아파트가 들어서고 있다. 앞서 생긴 아파트보다 더 크게 주변 환경을 바꿀 것 같다. 구산역 주변에 있던 고깃집이 허물어지고 새 가게가 들어서는 광경도 보았는데, 알고 보니 나 홀로 아파트 공사 자리에 있던 전자 제품 대리점이 위치를 옮겨간 것이었다.

어느덧 구산역 주변에는 3층짜리 커피 프랜차이즈 건물이 들어섰다. 어떤 골목길에는 이 동네와 어울리지 않는 교토 스타일의 카페도 생겼다. 근처에는 맥도날드도 있다. 이 가게들이 지역에 가져올 변화는 어느 정도일까? 내 재산의 가치가 얼마나 변동되었을지도 궁금했다. 방 두 칸짜리 빌라니 변동이 있다 해도 극히 미미하겠지만.

구산역 주변만 바라보는 게 아니다. 연신내역을 통과한다는 GTX 공사 여부도 새로운 관심사가 되었다. 강북 최대 재개발 사업지 중 하나로 꼽힌다는 은평구 갈현동 갈현 1구역 재개발 관련 뉴스도 눈에 들어왔다. 구산역과 버스로 연결되는 녹번역 주변에도 변화가 많다. 이미 대규모 아파트 단지가 생겼고, 새로운 아파트 단지도 건설 중이다. 녹번역의 변화 또한 구산역에 어느 정도 영향을 미칠 것이다. 구산역에서 녹번역과는 정반대 방향인 서오릉 쪽의 변화도 흥미롭다. 사회인 야구를 뛰러 가거나 좋아하는 카페에 갈 때마다 운전해서 지나는 길인데, 최근 이 지역에는 양평에 있던 유명 카페의 분점이 생겼다.

그보다 조금 더 먼 곳에는 이미 이케아 고양점과 스타필드 고양점이 있다. 이처럼 연신내역, 녹번역, 갈현동, 서오릉, 도래울마을, 원흥역에 생겨날 변화가 내 집이 위치한 동네에 가져올 변화에 대해서도 생각하는 중이다. 산책을 할 때마다 이런 생각을 하는 내가 다소 낯설기는 하다. 고작 투룸 빌라지만 내가 가진 유일한 재산이기 때문에 집과 관련된 모든 상황이 나의 관심사일 수밖에 없는 걸까?

아마도 나는 두려운 것 같다. 나름대로 최선의 선택을 했다고는 하지만, 끊임없이 그런 생각을 하면서 '재산으로서의 집'

에 대한 걱정을 잊으려는 것일 수도 있다. 아파트에 별로 살고 싶지 않다고 했으나 솔직히 아파트 가격이 폭등하는 걸 보면서 내 선택에 대한 믿음이 흔들리기도 했다.

◇

2019년 5월, 정부가 3기 신도시 중 한 곳으로 고양시 창릉동을 발표했을 때였다. 직장 동료들과 "청약을 넣어 봐야 하는 게 아닐까." 하고 이야기를 하다가 '나는 이제 유주택자가 됐으니 당첨될 일이 없겠구나'라는 생각에 아쉬움이 들기도 했다. 그러니 나의 이 작은 재산이 조금이라도 더 큰 재산이 되어 주기를 바랄 수밖에 없는 거다. 그러기를 바라는데, 그럴 일이 없을 것 같으니 산책이나 하고 있다.

지금 상황에서 내가 내 재산을 지키는 가장 현실적인 방법은 대출금을 갚는 일이다. 대출을 받으면서 최대 5년 안에 모조리 상환하는 계획을 세워 보았다. 하지만 계획대로 되는 건 없었다. 내가 받는 월급과 저축할 수 있는 돈의 액수, 오피스텔 임대를 위해 내는 월세, 그 밖에 지출 항목 등을 매달 다시 적어 보고 확인하고 대출 상환 일정을 계산해 본다. 5년은 6년으로 늘었다가 4년으로 줄기도 했고, 다시 10년으로 늘기도 한다. 지금 내가 세울 수 있는 최대의 목표는 아버지의 사례를 밟지 않는 정도일 것이다. 직장 생활을 할 수 있을 때까지 하고, 그 시간 안에 대출을 청산하기만 해도 목표는 충분히 이룰 수 있다.

어느 날 여자 친구는 뜬금없이 "만약 2억이 생기면 무엇을 하고 싶어?"라고 물었다. 나는 일단 1억으로 대출을 갚고, 나머지 1억은 그에게 주겠다고 대답했다. 그 마음은 여전히 변치 않았다. 진심이다.

친구 사이에 꺼내지 말아야 할 단어가 있다면 첫 번째가 '빚보증'이고, 두 번째가 '우정'이다. 연인과의 '사랑'과 달리 친구와의 '우정'은 입 밖으로 꺼낼 때 더 난감해진다. 14년에 걸친 두 여자의 우정에 관한 이야기, 중국상 감독의 〈안녕, 나의 소울메이트〉(2017) 또한 어색함과 낯간지러움을 각오해야 할 것 같은 제목을 가졌다. 하지만 영화는 '우정'이란 단어의 장벽에 멈칫하지 않고, 두 여자의 우정을 '사랑'으로 치환시키고 증폭시킨다. 사랑하다 못해 서로를 할퀴고, 그래서 후회하는 이야기다.

　〈안녕, 나의 소울메이트〉 속 두 여자, 칠월(마쓰춘)과 안생(저우동위)은 열세 살에 처음 만난다. 영화가 이들의 우정을 보여 주는 방식은 아이다움을 묘사하는 동시에 나이만으로 설명할 수 없을 만큼 내밀하다. 함께 비를 맞은 아이들은 함께 목욕물에 몸을 담근다. 서로의 벗은 몸을 처음 마주한 두 소녀는 막 성장하기 시작한 서로의 가슴에 대해 궁금해한다. 칠월과 안생은 이처럼 서로를 통해 자신의 현재를 자각하면서 서로가 다르다는 걸 인식하는 관계다.

　이후 14년간, 이들이 서로를 경험하는 방식 또한 여기서 크게 다르지 않다. 칠월은 착실히 공부하며 안정적인 미래를 꿈꾸는 반면, 안생은 일찍부터 학교 밖으로 나가 예측 불가능한 미래에 자신을 맡긴다. 두 사람은 자신의 삶을 열심히 사는 동시에 서로의 삶을 선망한다.

이 영화에서 '집'은 집 이상의 의미를 갖는다. 열세 살 때부터 욕실을 함께 쓴 칠월과 안생은 10대 후반의 숙녀가 되어서도 공간을 공유한다. 단칸방을 마련한 안생이 그곳에 칠월을 초대한다. 영화에서 가장 밝고 행복한 장면이다. 옆집과 다닥다닥 붙은 데다, 벽지는 뜯어져 있고, 매트리스 하나 놓으면 꽉 차는 좁은 방이다. 하지만 한 침대에 누워 함께 만들어 갈 미래를 상상하는 장면에서 그들은 곧 영락없이 행복한 연인의 모습이다.

안생은 뿌듯함 가득한 얼굴로 "내가 너를 위해서 엄청나게 큰 옷장을 살 거야.", "책을 좋아하는 너를 위해 저기에는 큰 책장을 둘 거야.", "언제든 내 집은 바로 너의 집이야."라고 말하며 칠월에게 열쇠를 건넨다. 연인의 집을 열고 닫을 수 있는 '열쇠'나 현관문 '비밀번호'는 '반지'보다 더 구체적인 메시지를 전한다. 언제나 내 집에 와도 좋다는 것은 언제나 함께 있고 싶다는 뜻인 동시에 상대방을 향한 100퍼센트의 신뢰를 뜻한다. 비록 그곳이 화장실조차 없는 단칸 방이어도 말이다.

영화는 '공간'에 대한 그들의 서로 다른 가치관을 보여 주며 칠월과 안생의 관계가 어떻게 변화하는지 설명한다. 먹고 자는 곳이란 곧 그 사람의 생활 방식을 반영하게 마련이다. 두 사람이 떨어져 지낸 4년 동안, 대학 진학과 취직이라는 안정적인 단계를 밟아 온 칠월과 자다가 가스 중독으로도 죽을 수 있는 도시의 허름한 집에서 살아온 안생은 함께 여행하기도 쉽지 않은 관계가 되어 버린다.

안생은 허름하더라도 무조건 저렴한 가성비 좋은 숙소를 찾지만, 칠월은 조금 비싸지만 깨끗하고 푹신한 침대가 있는 호텔로 안생을 데려간다. 호텔비를 내 준 칠월에 보답하고자 안생은 술집의 어떤 남성에게 술 한 병을 얻어 오는데, 칠월은 그 행동을 보고 '남자에게 빌붙으며 살아온 것이 저급하다'고 말한다. 그날 밤 이후로 두 사람은 다시 헤어진다. '언제든 내 집은 바로 너의 집'이라고 속삭였던 그 시절이었다면, 분명 웃고 넘어갔을지도 모르지만.

각자 더 많은 인생의 고통을 겪고 난 후 다시 만난 칠월과 안생은 한 침대에 누워 미래를 이야기한다. 칠월과 안생의 관계는 그들을 바라보는 관객에게까지 자신이 처한 수많은 관계를 되돌아보게 만든다. 지금 그 사람과 같은 곳에 있고 싶지 않다면 사랑하지 않는 것이다. 그 사람이 마음껏 내 공간에 드나드는 게 싫다면 사랑하지 않는 것이다. 그 사람이 다시 돌아오는 게 싫다면 사랑하지 않는 것이다. 그 사람이 나와는 너무 다른 사람이어도 계속 함께 있고 싶다면 그 사람은 '소울메이트'일지도 모른다.

"언제든 내 집은 바로 너의 집이야."라고 했던 안생의 말은 곧 '서로가 서로에게 돌아갈 수 있는 집'이라는 뜻이었을지도 모른다. 〈안녕, 나의 소울메이트〉 속 두 여성의 관계를 '우정'이란 단어에만 가둘 수 없는 이유가 여기에 있다.

제3부

서울에서 2년마다

이사하지 않을 자유

—

제6장

내 집이 생기자
내 삶도 바뀌었다

나이 마흔의 독신 남성에게 전자레인지는 위험하다고 생각했다.

인간은 현명한 선택보다 편한 선택을 하는 존재다.

전자레인지가 있으면 모든 게 편해진다.

나이 일흔에 시작된 어머니의
첫 싱글 라이프

어머니는 이사 전부터 걱정이 많았다. 새집인 것도 걱정, 작아진 집에 짐이 다 들어갈지도 걱정. 그중에서도 가장 걱정인 것은 태어나 처음으로 혼자 살아야 하는 현실이었다. 그러고 보니 어머니에게도 이제부터가 본격적인 싱글 라이프였다.

어린 시절의 어머니는 디즈니 애니메이션 〈모아나〉의 주인공 모아나를 닮았다. 바다 저편에 가 보기를 원하는 호기심 가득한 모아나처럼, 어머니 또한 경상남도 김해의 시골을 벗어나고 싶어 했다. 어머니는 스무 살이 되자마자 부산의 방직 공장에 취업했는데, 자신보다 먼저 그 공장에 취업한 동네 언니가 부러웠다고 한다. 그때는 회사 동료들과 범냇골에 방 하나를 얻어 같이 살았다.

몇 년 후에는 대구의 또 다른 방직 공장으로 이직했고, 공장 기숙사에 살았다. 김해에서 부산으로, 대구로 이어진 어머니의 모험은 다시 부산을 거쳐, 대전에서 끝이 났다. 어머니는 오빠와 오빠의 아내, 조카와 대전에서 살다가 그곳에서 아버지를 만났다. 그러고는 바로 결혼 그리고 출산. 1947년 생의 어머니는 2017년이 될 때까지 혼자 살아 본 적이 없었다.

◇

그런 사람이기 때문에 갑자기 혼자가 된 생활이 당황스러웠을 것 같지만, 어머니는 새집, 새 라이프에 쉽게 적응했다. 며칠 지나지 않아 집의 위치가 가진 장점들을 발견했다. 평소에 가던 은행과 노인 복지원, 슈퍼마켓들이 더 가까워졌다는 점을 좋아했다. 집에서 조금만 나가도 버스 정류장과 지하철 역이 있다는 게 얼마나 편리한 것인지도 알게 됐다. 한 번도 역세권에 살아 본 적이 없어 이제야 경험하게 된 것이다.

어머니는 예전보다 더 자주 지인들을 초대했다. 적적하기도 하지만 어느 정도 이 작은 집에 자신감을 가졌기 때문이다. 아버지 제사와 할아버지 제사 때문에 방문한 친척들도 우리 가족이 드디어 집을 갖게 됐다는 사실에 기뻐했다. 물론 누나의 가족도 여전히 자주 온다.

나이 든 사람들은 혼자 살면 더 늙는다는 이야기가 있다. 식사를 제대로 챙기지 않거나, 무료하게 시간만 보내다 보니 안 그래도 늙은 몸이 더 빨리 퇴화된다는 이야기다. 어머니 역시 혼자 먹을 때는 그리 잘해 놓고 먹는 편은 아니다. 옛날부터 풋고추에 된장 찍어 먹는 걸 좋아했던 어머니는 요즘도 김치와 고추 등으로 대충 끼니를 때운다. 일주일에 한 번 정도 내가 밥을 먹으러 가는 날에나 이것저것 음식을 만들어 먹는다.

그래도 다행인 건 예전보다 어머니의 외부 활동이 더 많아졌다는 점이다. 이런 이야기를 할 때마다 여자 친구는 "어머니는 학교를 몇 군데나 다니셨던 거야?" 하고 묻는다. 어머니도 초등학교, 중학교, 고등학교를 나왔고 그중 초등학교 동창회에만 나갈 뿐인데, 우애가 좋아 꽤 자주 만나기 때문에 그렇다.

사실 어머니는 동네 친구들과 더 자주 어울린다. 두 명의 절친한 동네 친구들은 60대다. 어머니는 열 살이나 차이 나는 그분들과 만나는 게 더 좋다고 했다. "그 친구들이랑은 술도 마시고, 밤새 이야기도 하고, 산에도 갈 수 있거든. 그런데 내 또래 친구들은 만나면 아프다는 이야기만 해. 누구는 무릎이 아프다, 누구는 당뇨 때문에 고생이다……. 같이 산에 갈 수 있는 친구도 이제 몇 명 없어." 그 이야기를 들으면서 70대의 삶을 어떻게 준비해야 할지 알 것 같았다. 건강을 유지할 것, 나이가 어린 사람들을 존중하며 그들과 친구가 될 것, 외부 활동을 꾸준히 해 나갈 것.

원래도 등산을 좋아했던 어머니는 이제 등산 후에 연신내 시장에서 막걸리를 마시고 귀가한다. 나와 같이 살 때는 그래도 집에 아들이 있으니 일찍 들어가야겠다는 생각을 했겠지만, 혼자 살게 되자 그럴 필요가 없다. 심지어 내가 친구와 연신내 시장에서 막걸리를 마시다가 등산을 마치고 온 어머니와 일행을 만난 적도 있다.

어머니는 지역 노인 복지관에서 요가도 배우고, 치매 치료도 받고, 그렇게 만난 사람들과 산정 호수 같은 곳에 놀러 가기도 한다. 얼마 전에는 한국 치매 인식 개선 교육 협회란 곳에서 주는 실버 인지 운동 지도사 과정을 이수하고 수료증도 땄다. 마침 내 친구 한 명이 치매 치료를 위한 스마트폰 애플리케이션에 제공할 체조 영상을 기획하고 있다길래 어머니를 추천했다. 어머니는 지역 센터에서 운영하는 시니어 모델 과정 수업도 듣는 중이다. 돈이 되든 운동이 되든 어머니는 가만히 있지 못하는 사람이다. 그런 어머니에게 들은 이야기가 있다.

◇

어머니는 나를 낳기 1년 전인 1978년, 야쿠르트 배달원으로 일했다. 유니폼을 입고, 하얀색 장갑을 낀 채 다니는 그들의 모습이 너무 멋있었다고 한다. 바로 일을 시작할 줄 알았더니 야쿠르트 보급소에서는 자리가 날 때까지 기다리라면서 '자전거'를 탈 줄 알면 더 빨리 일을 시작할 수 있고, 돈도 더 많이 벌 수 있다는 이야기를 했단다. 당시만 해도 자전거를 가진 사람이 별로 없는 데다가, 자전거를 타고 배달하면 더 넓은 지역으로 더 많은 야쿠르트를 배달할 수 있었기 때문이다.

아버지는 어머니에게 자전거 한 대를 사 주었고, 매일 밤 자전거 타는 법도 가르쳤다. 어머니는 연습을 해도 해도 늘지 않아서 '괜히 비싼 돈만 버렸나' 하고 후회할 때쯤부터 자전거를 탈 수 있게 됐다.

얼마 후 어머니에게는 배달 지역이 배정됐고, 약 7개월가

량 야쿠르트를 배달했다. 오전에 몇 시간 일하고 집에 돌아와 누나를 돌볼 수 있었고, 열심히 하면 10만 원 정도(현재 가치로 대략 70만 원이다.)를 벌 수도 있었다. 어머니는 월급날마다 자전거 뒷자리에 고기가 담긴 봉지를 싣고 집에 돌아오는 게 너무 좋았다고 한다. 그런 좋은 일자리를 7개월 만에 그만둔 이유는 '자두' 때문이었다.

> "그러다가 그해 여름인가, 집에 가는데 용두동 시장 과일 가게에서 '피자두'를 팔더라고. 갑자기 그게 그렇게 먹고 싶은 거야. 사자마자 그 자리에서 바로 먹었어. 입덧하려고 그랬던 거지. 지금도 자두 보면 너를 가졌을 때가 생각나. 야쿠르트 배달하면서 터진 게 있으면 그 자리에서 마시고 그랬거든? 그래서 나는 내가 애를 가진 게 야쿠르트를 많이 먹어서 그런가 싶었어. 병원에 가서 임신 확인하고, 의사가 위험하다고 해서 일을 그만두었지."

어머니는 '자두'를 먹은 그날 이후 세상이 갑갑해졌을 것 같다. 그때 누나는 여섯 살이었다. 혼자 옷 입고 밥 먹을 수 있는 나이가 되었으니 당신은 밖에서 사회생활을 하고 싶었을 것이다. 자전거를 타고 야쿠르트를 배달하던 시간 동안 얼마나 행복했을까. 자신이 돈을 벌고 있다는 사실이 얼마나 기뻤을까. 그랬던 만큼 나를 임신했다는 사실을 알고부터 얼마나 다시 두려웠을까.

나는 어머니가 이제부터라도 1978년 그때처럼 자유롭게 살기를 바란다. 아픈 아버지를 끝까지 헌신적으로 간병해 보내 드렸고, 딸을 결혼시켰으며, 아들은 아직 결혼은 안 했지만 어쨌든 돈벌이를 하며 나가 살고 있다. 뼛속까지 모아나와 닮은 어머니도 이제야 자신의 성격대로 살아 볼 수 있을 것이다.

요리하는 40대 남자?
그게 바로 접니다

"전자레인지는 사지 않겠어."

혼자 살기를 마음먹으면서 했던 결심은 흔들린 적이 없다. 나는 나이 마흔의 독신 남성에게 전자레인지는 위험하다고 생각했다. 인간은 현명한 선택보다 편한 선택을 하는 존재다. 전자레인지가 있으면 모든 게 편해진다.

마침 계약한 오피스텔 바로 앞에는 편의점이 있었다. 매일 저녁 편의점 도시락을 전자레인지에 돌려 먹는 생활을 상상해 봤다. 도시락이 아니면 햇반을 돌려서 대충 김에 싸 먹고 말겠지. 군대에서 먹었던 냉동식품을 전자레인지로 돌려서 안주 삼아 소주를 마시겠지.

대형 마트에는 전자레인지를 더 사랑하게 만들 냉동식품이 가득하다. 술안주로는 막창, 주꾸미 볶음, 꼼장어가 있고 식사로는 짬뽕, 피자 등 무궁무진하다. 그 모든 걸 전자레인지 하나로 해 먹는 상상을 하니 너무 편할 것 같았다. 하지만 내 몸에는 좋지 않을 게 뻔했다.

혼자 산 지 약 3년 반이 지난 지금도 전자레인지는 없다. 햇반도 없다. 지인들과 혼자 사는 것에 대해 이야기를 하다가 '전자레인지가 없다'라고 하니, 다들 깜짝 놀라며 물었다. "그럼 식사는 '배달의 민족'으로 하시는 거예요?" 그들의 질문이 나는 이상했다. 전자레인지가 없는 사람이 선택할 수 있는 또 다른 옵션은 '배달'뿐이라고 생각하는 걸까? "아니요. 제가 해 먹는데요." 같이 일하는 동료는 또 놀라며 이렇게 말했다. "40대 남자 중에서 직접 요리하는 사람을 본 적이 없어요."

저기, 나 40대 된 지 얼마 안 됐는데…….

전자레인지가 없고, 햇반이 없는 대신 나에게는 여자 친구가 사준 쿠쿠 전기밥솥과 이마트에서 산 후라이팬과 웍, 어머니가 챙겨준 그릇 등이 있는 부엌이 있다. 열 평짜리 오피스텔 한 켠에 드럼 세탁기와 함께 위치한 이 작은 공간이 내가 밥을 해 먹는 공간이다. 나는 내 부엌에서 많은 걸 시도해 봤다. 마트에서 산 석화 한 상자로 친구들과 소주를 마시기도 하고, 남은 석화로는 굴을 떼어 내 무를 썰어 넣고 국을 끓이기도 했다.

어머니 집 냉장고 냉동실에 있던 정체 모를 생선을 가져와 조림을 만들어 보기도 했다. 백종원 대표의 레시피로 제육볶음도 해 봤고, 어울리지 않게 파스타도 해 봤다. 이제 찌개나 국 정도는 쉽게 끓이는 편이다. 된장찌개, 김치찌개, 콩나물국, 북엇국, 그걸 조합한 콩나물 북엇국, 미역국, 또 조합한 북어 미역국. 이 정도면 대충 아쉽지 않게 끼니를 때울 수 있다.

나름 간단한 레시피도 찾았다. 처음에는 김치찌개든 된장찌개든 육수는 다시마로 냈다. 어머니가 건새우와 멸치, 다시마 등을 볶은 후 갈아서 조미료 대용으로 쓸 수 있게 만들어 주신 것도 썼다. 몇 번 넣어서 먹어 봤는데, 그보다는 다시마로 육수를 내는 게 더 깔끔하다는 걸 알게 됐다.(간은 소금이나 새우젓으로 한다.) 다시마로 낸 육수로 콩나물국도 끓이고 북엇국도 끓였다.

다시마는 마트에서 살 수 있는 것 중 싼 걸 쓴다. 콩나물도 마찬가지다. 북어는 어머니가 하나로마트에서 고른 걸 얻어서 쓰는 편이다. 이 북어로 국은 물론이고 라면도 끓인다. 이쯤 되면 된장도 어머니가 직접 담근 것을 쓸 것 같지만, 어머니도 된장은 사서 쓴다. 나는 그것과 똑같은 브랜드의 된장을 사서 쓴다. 혼자 해 먹고 산 지 꽤 된 지금은 더 간단한 레시피를 찾았다. 이제는 육수를 낼 때, 다시마와 멸치 가루를 쓰지 않는다. 오뚜기에서 만든 '멸치 장국'을 활용한다. 모든 찌개와 국에 이걸 넣으면 된다.

직접 요리해 먹는 사람인 이상, 나 역시 조리 도구에 대한 욕심이 생겼다.(장비 병은 어느 분야에나 있다.) 부엌이 좁아서 많이 사지는 못한다. 이케아에서는 크고 두꺼운 나무 도마와 냄비, 그릇들을 샀다. 〈집밥 백선생〉이란 예능 프로그램을 보다가 중식도가 갖고 싶었는데, 비싼 건 너무 비싸서 이마트 '노브랜드'의 9900원짜리 제품을 구매했다. 찌개를 끓이려고 보니 뚝배기가 있으면 좋겠다 싶어서 그것도 샀다. 생선 조림을 하려고 보니 좀 넓은 냄비가 필요해서 그것도 샀다. 요즘에는 계란말이 팬에 눈독을 들이고 있다.

계란말이에는 주로 청양 고추만 넣고 소금 간을 한다. 내가 주로 해 먹는 음식 대부분이 그런 식이다. 마늘과 청양 고추를 기름에 볶다가 바지락을 넣고 소주를 약간 부어 만드는 바지락 술찜. 냄비에 김치를 깔고 그 위에 통조림 꽁치를 올린 다음 양파와 청양 고추, 다진 마늘을 넣고 육수를 부어 만드는 꽁치 김치찌개. 멸치 장국을 푼 다음 콩나물을 넣고 청양고추, 다진 마늘을 넣어서 끓이는 콩나물국. 어차피 집밥이란 게 내가 먹었을 때 맛있으면 그만이라 그렇게 대충 한다.

직접 음식을 만들어 먹지만 그렇다고 모든 음식을 직접 하는 건 아니다. 밖에서 사 온 음식을 가공하는 곳도 부엌이다. 예전에는 회를 포장할 때 매운탕 거리는 그냥 두고 왔다면, 이제는 꼭 챙겨 달라고 말해 가져와서 끓여 먹는다.

어머니가 해 준 음식을 데우는 곳도 이 부엌이다. 어머니는 종종 국을 많이 끓여 비닐 팩에 담아 챙겨 주신다. 나는 그걸 냉동실에 넣어 얼려 놓고 하나씩 꺼내 먹는다. 역시 전자레인지가 없기 때문에 꽁꽁 언 국을 해동하려면 반나절은 상온에 두는 수밖에 없다. 잠들기 전에 봉지째로 꺼내 두었다가 다음 날 아침에 끓여 먹는다. 반찬 역시 대부분 어머니가 해 주신 것들이다. 어머니는 주로 오징어채 볶음이나 멸치 볶음 그리고 명란젓을 챙겨 주신다. 명란젓은 여러모로 유용하다. 마트에서 산 김만 있어도 밥 한 공기를 그냥 뚝딱 먹을 수 있다. 가끔은 아침 식사로 뜨거운 물에 찬밥을 넣어 끓인 다음, 명란젓을 넣어 먹기도 한다.

지금도 냉장고에는 어머니가 직접 담근 김치만 네 종류가 있다. 물김치 한 통, 총각김치 한 통, 최근 어머니가 김장한 김치 한 통 그리고 종종 찌개 끓여 먹을 때 쓰는 묵은지 한 통. 다른 반찬은 몰라도 묵은지는 떨어지면 곧바로 어머니 집에서 공수해 오는 편이다.

내 부엌을 가지면서 여자 친구와 집에서 식사하는 일도 많아졌다. 종종 여자 친구 집에서 요리를 한 적이 있지만 아무래도 집주인이자 부엌 주인인 여자 친구가 더 많이 요리를 해 주었다. 내가 마감을 끝내고 밤 늦게 찾아가도 된장찌개와 생선구이를 해줬다. 나는 기껏해야 라면을 끓였고 설거지를 했다. 지금은 내 부엌에서 내가 주로 하는 편이다.

겨울이면 내가 가장 좋아하는 만둣국 집에서 포장해 온 만둣국과 생굴, 미나리, 초장으로 한 상 차려 주는데, 여자 친구는 그걸 정말 좋아한다. 그는 내 집에서 자신의 음식 취향을 새로 발견했다며 놀라워했다. 이렇게 밥과 찌개를 좋아하는지 몰랐다던 말에 나도 놀라웠다.

"아침에는 주로 커피랑 과일 같은 거 먹는다며? 어쩌다
이렇게 된 거야?"

이렇게 묻자 여자 친구는 이제 내 부엌에서 나온 음식이 자
신의 집밥처럼 느껴진다고 한다.

내가 차려 주는 음식을 먹고 내 집에서 잠도 푹 자는 여자
친구를 볼 때마다 뿌듯하다. 그렇게 누군가의 부엌은 누군가
의 입맛도 바꾸었다. 다시 생각해 봐도 전자레인지를 사지 않
은 건 좋은 선택이었다.

서울을 벗어난다면
어디에서 살 수 있을까

'관찰 예능' 시대의 TV는 연예인의 집과 그들의 일상을 보여 준다. 주말 예능 〈나 혼자 산다〉에 처음 출연하는 연예인들의 에피소드는 대부분 이런 식이다. 불이 꺼진 깜깜한 집에 누군 가 자고 있다. 잠에서 깬 연예인은 자신의 루틴대로 몇 가지 행 동을 한 후, 주로 씻거나 먹는다. TV는 그가 씻는 모습도 먹는 모습도 자세하게 보여 준다. 그러면서 살고 있는 집을 다각도 로 훑는다. 대부분 좋은 집에 모델 하우스처럼 깔끔하게 정리 해 놓고 산다. 그걸 볼 때마다 이런 생각이 먼저 든다. '얼마짜 리 집일까?'

남궁민은 한강이 내려다보이는 곳에 산다. 박나래도 한강이 보이는 크고 넓은 집에서 산다. 청약 당첨으로 새 아파트에 이사를 간 이시언의 집도 전망이 좋다. 모두 지금의 나는 꿈도 꾸지 못할 만큼 비싼 집일 거다. 〈나 혼자 산다〉만 보면서 그런 생각을 하는 건 아니다. 〈동상이몽 2〉에 나온 윤상현과 메이비가 사는 집, 〈미운 우리 새끼〉에서 탁재훈이 제주도에 마련한 집을 보면서도 '얼마일까?'를 생각한다. 〈슈퍼맨이 돌아왔다〉에서 샘 해밍턴이 가족들과 사는 집은 은평구의 아파트라서 더 관심이 갔다. 당연히 부럽다.

그중 〈구해줘 홈즈〉는 관찰 예능 속 '집 구경'이란 포맷을 '집 찾기'로 구체화한 프로그램이다. 방송에 참여한 의뢰인은 이사하는 이유를 밝히면서 예산은 어느 정도인지, 방과 화장실은 몇 개가 필요한지, 지하철역이나 학교까지 최대 몇 분 거리여야 하는지 등 자신이 원하는 집의 조건을 구체적으로 나열한다. 〈나 혼자 산다〉를 볼 때와는 분명 다른 태도를 보이게 된다. 연예인 패널들이 직접 매물을 보러 다닐 때면, TV를 보는 나도 의뢰인에게 좋은 집을 찾아 주고 싶어진다. 후보군 중에서 내가 선택한 집과 의뢰인이 선택한 집이 일치하면 괜히 기분이 좋다.

그런 한편, 방송을 보며 나도 모르게 인생의 새로운 방향을 상상하곤 한다. 그 이유는 '서울'이란 지역에만 한정되어 있지 않고, 서울과 그 근방, 강원도 양양과 제주도, 부산 등 여러 지역에서 집을 찾는 사람들의 이야기가 나오기 때문이다. '투자 가치'를 배제하고 집을 찾는다는 점도 한몫한다. 대부분 매매 보다는 임대와 실거주를 목적으로 한 집을 원했다.(물론 의뢰인 들의 속사정은 달랐을지도 모르지만.) 의뢰인마다 가족 형태도 다 양해서 여러 형태의 집을 구경하게 된다는 점도 좋았다.

내가 스무 살 대학생이었다면, 내가 결혼해서 아이가 있었 다면, 내가 서울이 아닌 양양이나 부산에 가서 살게 된다면? 이 상상의 스펙트럼은 방송에 소개된 집에 살 수 있다는 기대 와 함께 무엇을 해서 먹고살아야 하나까지 그 범위를 확장해 간다.

만약 내가 서울을 벗어나 살아야 한다면 어디에서 살 수 있 을까? 영화 전문지 기자, 온라인 뉴스 매체 에디터 등으로 살 아온 내가 서울을 벗어나 먹고사는 방법을 찾는 건 너무 어려 운 일이다. 어쨌든 가장 먼저 떠오른 곳은 여자 친구가 일하며 살고 있는 부산이다. 꽤 구체적으로 상상해 보았다. 부산 영도 구 작은 집 시세를 찾아봤다. 살고 있는 오피스텔 보증금, 저축한 돈에 퇴직금 그리고 적절한 대출까지 받으면 작은 독립 서점 정도는 운영하며 살 수 있지 않을까? 그곳에서 글도 쓰고, 낭독회도 하고, 영화 세미나도 하면서 말이다. 이런 이야기를 여자 친구에게 했더니 집을 사면 일을 벌일 게 아니라, 김밥천국이나 편의점 같은 곳에 월세를 주어야 한다고 했다. 나는 "너는 너무 노 갬성."이라고 항변했다.

또 다른 후보지는 대학 생활을 보낸 춘천이다. 나에게는 너무나 익숙한 곳이자 정말 좋아하는 곳이다. 예전만큼 아는 사람은 많지 않지만 아직 은사 교수님도 학교에 계신 만큼, 그곳에서 일거리를 찾을 수도 있을 것 같다. 하지만 서울과 가까워서 서울을 벗어나 사는 느낌은 덜하겠지. 만약 춘천에 살게 된다면 소양강 건너편 동네에서 살고 싶다. 춘천 시내보다 한적하고, 내가 정말 좋아하는 순댓국집과도 가깝기 때문이다. 최근에는 강릉에 살아도 좋겠다는 생각을 했다. 바다가 가깝고, 예쁜 해변을 가진 양양과도 가깝지만, 이번에도 내가 정말 좋아하는 브루어리의 맥주를 마실 수 있어서다.

이런 상상을 하는 이유가 꼭 〈구해줘 홈즈〉 때문만은 아니다. 내 오피스텔을 구하고 어머니가 살 집을 찾고 구매하는 일을 직접 겪고 보니, 서울만 벗어나도 조금 저렴하면서 훨씬 넓고 안락한 집에 살 수 있다는 게 신기했다. 그렇다고 서울에 살고 있는 나의 현실을 부정하려는 건 아니다. 나는 서울에 살았기 때문에 내가 꿈꾸던 것들에 한 걸음 더 가까이 다가갈 수 있었다는 걸 잘 안다.

그럼에도 불구하고 나는 서울에 살아 볼 만큼 살아 봤다고 느낄 때가 많다. 서울에 갇혀 사는 건 아닐까 하는 생각도 자주 하곤 한다. 서울은 우리나라의 다른 도시에 비하면 훨씬 넓은 곳이지만, 서울 시민에게는 가장 좁은 곳이니까. 그렇지만 서울 생활을 접고 새로운 곳에서 새로운 시작을 하는 것은 상상만으로도 어려운 일이다. 겨우 상상에 불과한 일인데도 말이다. 그걸 할 수 있도록 도와준 게 바로 〈구해줘 홈즈〉였다. 또한 나와 다른 세계에 사는 누군가의 삶을 통해 내 생활을 되돌아보는 좋은 계기도 되었다. 앞으로도 서울을 벗어난 다른 지역의 집들을 소개해 주는 프로그램들이 많이 나왔으면 하는 바람이다.

제7장

당신이 바라는 집은
어떤 집인가요

인생의 목표 중 하나가 '집'인 사람이 대부분이지만,

일련의 일을 겪은 그에게

집은 그저 잠시 머무는 곳 그 이상 그 이하도 아니었다.

아파트보다 다세대 주택이
좋았던 이유

친구 A의 집은 내 생각에 가장 완벽한 음주 장소다. 다세대 주
택 꼭대기 층에 사는 그는 넓은 옥상을 혼자 쓴다. 그곳에는 고
깃집에서나 쓰는 스테인리스 테이블과 고기를 구울 수 있는
바비큐 그릴도 있다. 강아지들도 산다. 그것도 네 마리나. 비
글, 코커스패니얼, 스피츠, 진돗개 등 그 종도 다양하다.

지금은 A와 그 넓은 옥상에서 하늘을 보며 술도 마시고 고
기도 구워 먹지만, 20년 전 우리는 그의 작은 방에 모여 놀았
다. 학교와 바로 맞닿은 동네의 어느 빌라, 방 세 칸의 반지하
집, 미닫이문이 달려 거실로도 방으로도 쓸 수 있는 곳이 바로

A의 방이자 그만의 작은 공간이었다. 부모님과 여동생이 함께 사는 집이었지만, 나와 친구들은 거리낄 것 없이 그곳으로 모였다.

돌이켜 보면 그곳은 꼭 마법의 방 같았다. 한쪽에는 큰 피아노가 다른 한쪽에는 TV가 자리하고, 곳곳에는 기타와 LP판이 가득해 무척 비좁았다. 그런데도 그 방에서 많게는 다섯 명까지 먹고 놀고 자기까지 했다. 그의 여동생은 날마다 오빠 친구들이 놀러 오는 걸 그리 좋아하지 않았던 것 같다. 그래도 종종 참치 넣은 라면을 끓여 주었다.

◇

반지하 빌라의 작은 방에 모였던 친구들이 A의 집 옥상으로 다시 모이기까지는 20년의 시간이 걸렸다. 그사이 그는 꽤 여러 번 이사를 다녔는데, 사실 어렸을 적부터 한곳에 오래 살아 본 기억이 없다고 했다.

어린 시절 A는 그의 부모님, 어린 여동생과 떨어져 외할머니 집에서 이모들과 살았다. 몇 년 후 다시 모인 네 가족은 은평구의 어느 단독 주택 옥탑방에서 살게 되었는데, 집은 좁았어도 떨어져 살던 가족이 하나가 되니까 그저 좋았다고 한다. 하지만 사춘기가 된 A는 그 나이의 아들들이 그렇듯, 아버지와의 갈등으로 2년 동안 다시 외할머니와 살게 되었다.

이후 네 가족은 옥탑방에서 반지하로 터전을 옮긴다. "반지하지만 예전보다 넓은 집이었거든. 내가 너무 좋아서 폴짝 뛰어 들어가다 벽에 머리를 박고 쓰러지기까지 했다니까." 중학교, 고등학교 시절을 거쳐 군 입대 전까지 그곳에 살았던 A의 가족이 반지하를 떠난 건, 그가 군대에 있을 때였다.

"동생 남자 친구가 놀러 왔는데 우리 집을 보고 '여기서 어떻게 밥을 먹어?' 하는 뉘앙스의 이야기를 한 거지. 내가 그 아이를 잘 아는데 진짜 착하거든. 그저 잘 사는 친구라 반지하를 몰랐던 거야. 그 한마디로 내 동생은 울고불고 난리가 났지. 그때 엄마가 이사를 가자고 하더라."

그렇게 이사를 간 곳은 방 세 칸짜리 단독 주택이었다. 반지하도 좋아서 방방 뛰었던 그에게 이 단독 주택은 얼마나 좋은 집이었을까. 하지만 이번에도 A는 아버지와의 갈등 때문에 그집에서 살지 못했다. 그렇게 집을 나온 그가 향한 곳은 서울 신림동의 어느 고시원이었다. 돈이 부족한 이상, 아르바이트를 전전하는 서울 생활이 화려할 수는 없었다. 고시원을 나와 신림동의 어느 옥탑방에 혼자 살 때도 비슷했다. 그런 그에게 자신의 주거 환경과 생활 습관을 단번에 바꿔 버린 일대 사건이 일어났다. 바로 '연애'였다.

◇

신림동에 사는 동안 A는 가족과 거의 연을 끊고 살았다. 그런 그가 몇 년 만에 어머니에게 전화를 걸었다. 여자 친구가 결혼을 하고 싶어 했기 때문인데, 어머니는 이렇게라도 연락이 닿은 아들, 아들과 만나 준 여자 친구가 너무 고마웠다. 고시원에서 함께 살고 있다는 두 사람이 조금이라도 편하게 살다가 결혼길 원했던 어머니는 신림동에 방 세 칸짜리 전셋집까지 얻어 주셨다.

그렇게 A는 아르바이트를 그만두고 좀 더 번듯한 직장을 찾았다. 결혼한 두 사람은 왕십리와 답십리 등에서 신혼 생활을 했다. 답십리에서는 넓은 아파트를 전세로 얻어 살기도 했다. 지금 함께 살고 있는 비글 구름이와 코커스패니얼 루나를 처음 만난 것도 그때였다.

"태어나 처음 아파트에 살아 봤지. 정말 최악의 주거 공
간이었어. 각자 다른 집에 살지만 한 공간에 모여 사는
거 같았거든. 층간 소음으로 정말 힘들었는데 어떻게
할 수가 있어야지."

몇 년 후, 다행히 A는 은평구에서 더 좋은 주거 공간을 찾
았다. 이번에도 어머니 덕분이었다. 매물로 나온 3층짜리 빨
간 벽돌의 다세대 주택 건물을 A의 담보 대출과 어머니가 모
아 둔 돈을 합쳐 샀다. 그렇게 이 집의 주인이 되었다.

"일단 강아지들이 옥상에서 살 수 있으니까 좋아. 서울
에서 아이들을 위한 환경이 갖춰진 집을 찾는다면, 이
만한 데가 없거든. 그게 아니면 단독 주택으로 가야 하
니까."

그런데 이 집은 강아지들에게만 좋은 곳이 아니었다. A는
그토록 원하고 꿈꾸던 집을 찾은 듯 보였다. 강아지들이 자유

롭게 뛰놀 수 있는 옥상이 있고, 그곳에 친구들을 불러 하늘을 보며 술 한잔 자유롭게 할 수 있으며, 집 안에는 자신이 좋아하는 음악을 크게 틀어 놓고 일할 수 있는 공간도 있다. 그래도 그는 자신이 원하는, 꼭 살고 싶은 드림 하우스는 따로 있다고 말했다.

> "한 번은 강원도에 있는 애견 펜션에 갔는데, 나도 그렇게 살고 싶더라. 내가 나중에 그런 펜션을 운영하게 되면 그 공간에 아주 큰 대형 스크린을 설치해서 강아지와 함께 영화를 볼 거야."

반지하의 작은 방에 모여 놀던 사춘기 소년들이 이제는 아저씨가 되어 옥상에서 술 한잔을 기울이고 있는 것처럼, 10년 후에 우리는 강원도 어느 펜션에 모여 고기를 굽고 강아지들과 함께 영화를 보고 있을지도 모르겠다. A의 강아지들이 그때까지 부디 건강하게 살았으면 좋겠다.

서울을 좋아하는
부산 태생의 김해 남자

G와는 1년에 한두 번 정도 낮에 만난다. 그와 그의 가족이 10년 전 부산으로 내려간 후 자연스레 만남이 뜸해졌다. 내가 여자 친구를 만나러 부산에 갈 때면, 김해 공항에서 그리 멀지 않은 덕천역에 내려 그와 만나 구포 시장에서 돼지 국밥을 먹곤 한다. 현재 프리랜서인 그는 주말에는 결혼식 등 촬영 일을 하고, 평일에는 살림과 육아를 도맡아 하는데, 최근에는 딸의 학교에서 학부모회 회장을 맡았다고 한다.

서울에서 살다가 부산으로 간 G에게 부산은 낯설지 않은 곳이다. 부산에서 태어나 김해에서 자란 그는, 부산 최대 번화가인 서면을 놀이터 삼아 놀던 사람이다. 그 동네에서만 6년을 살았는데, 돌이켜 보면 번화가를 끼고 있는 동네에서 살았던 게 좋았다고 한다. 당시 어린이였던 G에게 부전 시장과 태화 백화점은 놀이공원만큼 크고 재미있는 놀이터였다. 하지만 백화점에서 에스컬레이터를 타고 놀던 소년은 아버지 직장 때문에 김해 대성동의 막 완공된 아파트로 이사를 가게 된다.

"그때 아파트에서 3킬로미터 정도 떨어진 곳에 한진 칼 아파트가 있었어. 김해 공항에서 근무하는 대한항공 직원들이 사는 아파트였는데, 파스텔톤의 15층짜리 건물 하나가 논밖에 없는 동네에 우뚝 서 있는 게 신기했지."

1년 후, G의 가족은 그 아파트 바로 옆 임야에 조성된 택지 지구로 이사했다. 이번에는 마당이 있는 단독 주택이었다. 가족에게 전세를 내준 집주인은 지역 토박이로 워낙 돈이 많았다. 덕분에 그의 가족은 G가 대학에 들어갈 때까지 10년 동안 동일한 전셋값으로 그 집에 살 수 있었다.

G는 김해에서 약 400킬로미터 떨어진 춘천 소재의 한 대학에 입학했다. 김해는 높은 학구열로 지역 사회와 학교, 학부

모들이 단합해 학생들을 몰아붙이는 곳이었다. "그때 김해에 질렸거든. 그래서 대학만큼은 김해에서 가장 먼 곳으로 가고 싶었어."

◇

가족의 품에서 벗어난 G는 자유와 방종을 기대했을 것이다. 나 역시 그랬으니까. 하지만 그는 나만큼 자유롭지 못했다. 자신의 아들을 먼저 서울로 보낸 경험이 있는 G의 이모가 그의 어머니에게 '처음부터 자취시키면 안 된다, 기숙사 보내는 것도 안 된다, 무조건 하숙집에 보내야 한다' 등의 조언을 아끼지 않으셨기 때문이다. 그렇게 G의 어머니는 자신의 인맥을 총동원해 춘천의 어느 하숙집을 찾았다. "나는 몰랐지만 어머니와 하숙집 할머니 사이에서 뭔가 지속적인 소통이 있었던 거야. 그래도 할머니가 정말 잘해 주셨어." G는 군 입대 전까지 그곳에 살았다.

G와 나는 군 생활을 마치고 학교에서 다시 만났다. 잠만 자는 방에서 지내던 나와 달리 G는 원룸 두 개를 합쳐 놓은 크기의 넓은 원룸에 살았다. 자취를 하겠다던 그에게 1200만 원이

란 전세금을 지원해 준 부모님 덕분이었다. 그렇게 스무 살 시절부터 김해를 떠나 혼자 살아온 그는 자신의 결정이 인생에 엄청난 변화를 가져왔다는 걸 느꼈다고 했다.

> "내가 만약 부산이나 김해에 있는 대학에 갔다면, 계속 부모님과 함께 살았다면 우물 안 개구리가 됐을 거라는 생각을 지금도 해. 고향 친구들 중에 한 번도 김해를 떠나 보지 않은 사람이 많아. 대화를 해 보면 생각하는 관점이 많이 다르더라고. 나는 춘천에 살면서 부모님이 내 인생을 대신 살아 주지 않는다는 걸 깨달았거든. 그러지 않았다면 분명 지금보다 더 철없는 인간으로 살았을 거야."

대학 졸업 후 G는 서울과 인천을 오가며 살았다. 고시원에 살았던 적도 있고, 직장이 있는 인천의 원룸 빌라에 산 적도 있다. 서울로 다시 직장을 옮겼을 때는 고향 친구와 방 두 칸짜리 집에 함께 살았다. 응봉역 부근의 그 집은 G가 결혼 전 싱글남으로 살았던 마지막 집이 됐다. 결혼 후 이들 부부가 신혼 생활을 위해 선택한 동네는 마포구 망원동이었다. 그 이유를 들어 보니 G는 여전히 김해와는 전혀 다른 곳에 살고 싶었던 것 같다.

"내가 지방 사람이다 보니 유명한 동네에 살고 싶었어.
망원동이 홍대 근처니까, 여기서 살면 좋겠다고 생각한
거지."

　그로부터 3년 후, 부부는 부산행을 선택했다. 당시 G는 방
송국 뉴스 스튜디오의 카메라맨이었고, 그의 아내는 대학원을
막 졸업한 상황이었다. 아내는 서울에서 일자리를 찾기가 어
려우니, 지방에서 그 기회를 찾아보려 했다. G는 나름 고민이
많았다고 한다. 갖은 고생 끝에 그 자리까지 올라갔지만 스트
레스가 극심했다. 일을 해서 돈을 벌고 싶은 아내의 마음도 충
분히 이해하고 있었다. 고민에 고민을 거듭하던 이들이 부산
행을 선택하게 된 결정적인 이유는 아내의 말 한마디 때문이
었던 것 같다. "내가 너 먹여 살린다고. 절대 안 굶긴다고!"
　현재 G와 그의 가족은 부산 화명동에 위치한 방 두 칸에 미
닫이문 거실이 있는 아파트에 살고 있다. 화명동은 아내의 직
장 동료들이 추천해 준 곳이었다. "어릴 적 기억에 화명동은 진
짜 진흙밭이었거든. 그래서 사람 사는 데가 아니라고 생각했

어. 그런데 완전 다른 동네가 되어 있는 거야. 전부 아파트촌이
고 거주 지역으로 확실히 구획된 곳이더라. 집을 구하러 다니
자마자 본 첫 집이었는데 마음에 들었어. 주변 공기도 깨끗하
고 대천천이란 하천도 있고, 전셋값도 가진 돈으로 충분히 감
당할 수 있는 정도더라고."

몇 년 후 G는 그 아파트를 사 버렸다. "이곳이 마을 공동체
라고 할까? 그런 커뮤니티 활동이 상당히 잘 갖춰져 있어. 그
래서 문화 강습 같은 것도 많이 하고, 정월 대보름에는 대천천
주변에서 쥐불놀이도 같이하고 그래." 이야기를 들어 보니 G는
화명동의 매력에 흠뻑 빠진 듯했다. 그렇게 살다 보니 벌써
10년을 채운 거다.

◇

G는 현재 삶에 충분히 만족하고 있다. 하지만 서울 살이를
경험해 봐서일까, 부산에서 약간의 답답함을 느낀다고 털어놓
았다. "막연하게 사람이 많은 번화가의 소음이나 북적북적함
이 그립기는 해. 물론 부산에도 서면 같은 시끌벅적한 번화가
가 많지만, 서울에서 거리 응원이나 집회 등으로 정말 많은 군

중이 모일 때의 거대함 같은 건 없거든. 대신 부산에는 예쁜 풍경들이 많지." 이런 아쉬움에도 당장 부산을 떠나고 싶지는 않다 말했다.

"지금 서울로 올라가면 우리가 잘 지낼 수 있을까? 당장 집 구하는 일부터 감당하기 어려울 거야."

대신 그는 지금 사는 집보다 조금 더 넓고, 지금 사는 곳처럼 자연 친화적인 동네에 살고 싶다고 했다. 그런 그에게 나는 내가 사는 은평구를 추천했다. 혹시라도 G가 다시 나와 가까운 동네에 산다면, 일단 내가 행복할 것 같아서였다. 하지만 역시 G는 서울을 좋아하는 김해 남자인 게 더 어울린다.

발목을 올려다보는 창과
숲을 내려다보는 창

친구 L은 가방을 들고 다니지 않는다. 여름에는 티셔츠 하나만 입고, 겨울에는 패딩 주머니에 지갑과 스마트폰, 담배 정도만 넣어 다닌다. 백팩이든 토트백이든 하나는 들고 다녀야 불안하지 않은 내 입장에서 무척 홀가분해 보이는 그가 신기할 뿐이다.

하지만 L의 두 손과 어깨가 항상 자유로웠던 건 아니다. 1년 전까지만 해도 그는 큰 백팩에 노트북, 여러 권의 책, 아이패드, 양말, 칫솔과 치약 그리고 각종 충전기기 등을 넣어 다녔다. 그래서 그의 가방은 언제나 크고 무거웠다. 그런 그를 볼 때마다 나는 어렸을 때 본 만화 〈천로역정〉의 주인공이 떠오르곤 했다. 등에 죄의 짐을 지고 다녀야 했던 크리스천처럼 L은 항상 양쪽 어깨 가득 무겁게 살았다.

그러던 그가 가방을 내려놓게 된 계기는 바로 '독립'이었다. 원래 L이 살던 곳은 경기도 하남으로, 영상 편집일을 하는 그가 서울로 일을 하러 나올 때면 가방은 곧 그의 작업실이 되어야 했다. 무거울 수밖에 없었다. 지금 L은 강남구 학동의 어느 반지하 원룸에 살고 있다. 서울에 자신만의 공간이 생긴 덕분에 이제 노트북과 칫솔 없이 서울을 자유로이 누비고 있다. 〈천로역정〉의 크리스천은 천성에 도착해 짐을 벗고 영원한 생명을 얻었다. L은 영생까지는 아니더라도 어깨 통증에서는 해방되었을 거다.

L과는 대학에서 처음 만났다. 이야기를 들어 보니 그 역시 성적을 떠나 집에서 벗어나고 싶은 마음 하나로 지방에 있는 대학을 선택한 거였다. "부모님이 나한테 너무 큰 관심을 갖는 게 부담스러웠어. 부모님이 나를 늦둥이로 낳으셨는데, 두 분 사이가 안 좋다가도 내 이야기만 나오면 또 너무 잘 지내시는 거야. 그러다 보니 어린 나는 자꾸 눈치를 보게 되었고, 점점

빨리 집을 나오고 싶더라."

당시 L은 학교 바로 옆 아파트에 살았다. 한 채를 혼자 다 쓴 건 아니고, 방 한 칸을 잠만 자는 방으로 얻어 썼다. 1인 1실이라면 그나마 괜찮았을 텐데, 민박집도 아니고 태어나 처음 본 사람과 한 방에서 함께 생활해야 했다. 그 상황이 너무 싫었던 그는 주로 동아리방이나 친구 혹은 선배의 집에서 잠을 자곤 했다.

아마도 L은 혼자 동아리방에 있는 그 시간이 행복했을 거다. 그곳에는 그때만 해도 구하기 어려운 외국 영화들의 비디오테이프가 가득했기 때문이었다. 다음 날 아침 동아리방에 가 보면 그제야 잠에서 깬 그가 커피를 마시며 전날 본 영화들에 대해 이야기하곤 했다. 몇 년 후 L은 영화 학교로 진학했다.

◇

물론 그에게 부모님과 함께한 시간이 항상 나쁘기만 했던 건 아니다. 그가 기억하는 그의 첫 번째 집은 서울 노원구 공릉동의 어느 단독 주택이다. "그때 찍은 사진을 보면 어딘가 그 시대의 럭셔리한 분위기가 있어. 가구도 그냥 옛날 스타일이 아니야. 고급스럽다고 할까? 그때 우리 집이 괜찮게 살았나 봐. 그때 크리스마스 트리도 있었거든."

공릉동의 단독 주택을 떠난 L의 가족은 주로 아파트에 살았다. 처음 이사를 간 곳은 잠실 주공 아파트였다. "그걸 지금까지 갖고 있었으면 대박 아니야?" '잠실 주공'이란 네 글자만 들었는데도 탄성이 나왔다. "그러니까 말이야. 우리 엄마도 아빠한테 항상 그 이야기를 했어. 얼마 전에는 나한테도 하더라. 더 좁은 집에 살더라도 그 아파트는 팔지 말고 갖고 있었어야 했다고."

그 시절 L은 YMCA에서 수영을 배우고, 어린이 대공원 안에 있는 육영 재단 유치원에 다닐 정도로 꽤 윤택한 삶을 살았다. 그러던 어느 날, 그의 아버지는 사업을 하겠다는 말과 함께 한국어, 영어, 일본어로 적힌 롯데월드 팸플릿을 집에 들고 오셨다. L은 한 달 넘게 그 책자를 보고 또 본 기억이 있단다. 하지만 그의 가족은 롯데월드가 완공되기 전에 둔촌동으로 이사했다. 가족과 상의 한마디 없었던 아버지의 일방적인 선택이었다.

비록 '잠실 주공 아파트'라는 인생 최대의 로또를 놓쳤지만,

L은 둔촌동 주공 아파트에서 살던 때가 좋았다고 했다. 그의 가족은 이 아파트 단지 내에서 여러 번 이사하면서도 L이 대학에 들어갈 때까지 그곳을 떠나지 않았다.

"내가 살았던 단지 중에는 바로 뒤에 산이 있는 곳도 있었어. 그때 부동산 사장님이 그 단지를 가리키며 '김일성 별장'이라고 했던 게 기억나."

L에게 그곳은 하나의 마을 같았다. 복도식 아파트였지만 사람들은 문을 활짝 열고 살았다. 같은 아파트 단지에 살던 친구의 할아버지가 돌아가셨을 때도 기억에 남는다고 했다. 아파트 단지 내에 천막을 쳐 놓고 장례식을 치르자 다른 단지에 살던 사람들이 조문하고 장례를 돕고 음식을 나눠 먹었다고 했다. 아파트에 한 번도 살아 본 적 없는 나에게도 이런 비슷한 경험이 있어 신기했다. 반대로 나로서는 신기해할 수밖에 없는 경험담도 있었다.

"그때만 해도 둔촌동 주공 아파트가 큰 아파트 단지에 속했는데, 지하실이 다 연결되어 있었어. 어디에는 물이 흐르는 곳이 있고, 또 어디에는 일하시는 분들이 쉬는 곳이 있었지. 영화 〈구니스〉처럼 친구들이랑 랜턴 하나 들고 지하실 구석구석을 돌아다니곤 했어. 그런데 우리 엄마랑 친구 엄마들은 있을 수 없는 일이라고 믿지 않으시더라.《안녕, 둔촌주공아파트》라는 책에도 분명 지하실이 다 연결되어 있었다던 내용이 나오거든? 엄마들은 직접 그곳에 가 볼 일이 없었으니 믿을 수 없었나 봐."

어렸을 때부터 꿈과 모험을 쫓아다녔던 L은 이제 자신의 반지하 원룸에서 그때의 지하실을 생각하는 것 같다. 어둡고 축축했던 그곳을 무섭지만 설레는 마음으로 호기롭게 걸었던 어린 시절처럼, 지금은 암막 커튼 덕분에 빛 한 줄기 안 들어오는 반지하 원룸에서 자신이 좋아하는 일을 하고 있다.

◇

L의 원룸에는 누군가 찾아와도 앉을 수 있는 바닥이 없다. 한쪽 벽에 TV를 놓고 그 앞에 책상을 놓고, 그 뒤에 의자, 또 그

뒤에 침대를 놓았기 때문이다. 보통 원룸에서는 좁은 공간을 최대한 넓게 활용하기 위해 책상을 한쪽 벽에 붙이기 마련이다. 그런데 L은 방 한가운데 책상을 놓고, 책상에는 노트북과 모니터, 아이패드 등을 놓았다. 이건 집이 아니라 작업실에 가깝다.

> "편집실 같은 구조지. 나는 내 방이 너무 좋아. 내 동선 안에 내가 좋아하는 것들이 다 모여 있는 느낌이야. 침대에 누워 있다가도 바로 일어나서 책상에 앉을 수 있어. 일도 하고 글도 쓸 수 있어. 노트북에서 작업한 영상을 TV에서 바로 볼 수도 있고. 책상 옆에 스마트폰 거치대를 놓았는데 가끔은 서서 그걸로 글을 써. 왜냐고? 헤밍웨이가 서서 글을 썼다고 하더라고."

L이 이런 선택을 한 데는 자기만의 공간에 누군가가 찾아오지 않았으면 하는 간절함이 담겨 있기도 하다. 복학생이던 시절 그는 춘천에서 아주 잠깐 자취 생활을 한 적이 있다. 학교 앞 자취방은 혼자 살아도 혼자 사는 곳이 아니다. 거의 매일 친구나 학교 선후배가 놀러 오기 때문이다. 하지만 이제는 무작

정 집에 찾아갈 20대 시절의 혈기왕성하던 친구들도 없다. 누군가를 만나야 한다면 밖에서 만나면 될 일이다.

나는 L이 될 수 있는 한 빨리 반지하에서 나왔으면 하는 바람이다. 또한 더 좋은 환경의 더 넓은 공간, 적어도 방 두 칸에 거실이 있는 집으로 이사를 갔으면 좋겠다. 그 집 거실 한가운데에 큰 책상을 두고 작업실로 쓰며 누가 찾아와도 앉을 수 없게 만들어 보는 건 어떨까. 침실에서 바로 나오면 작업실이 되는 이 구조가 참 괜찮을 것 같다. 창문 밖으로 사람들의 발목대신 '김일성 별장'처럼 숲이 내려다보이는 곳이면 더할 나위 없이 좋겠다.

집, 그저 잠시 머무는
그 이상 그 이하도 아닌 곳

D는 서울 강남에서 일한다. 지방이나 해외에서도 일을 하지만 대부분 강남에서 일을 한다. 하지만 그는 서울이 아닌 경기도 양주의 송추에 살고 있다. 나라면 서울 강북에라도 집을 구했을 것이다. 돈이 없는 것도 아닌데 그러지 않은 이유는 그럴 필요가 없기 때문이다.

D는 30년 이상을 송추와 장흥 일대에서 살았다. 어렸을 때는 강남 반포의 150평짜리 2층 단독 주택에 살았다고 한다. 금융 회사 임원이었던 그의 아버지에게는 운전기사가 딸린 차까지 있었다. 하지만 일곱 살 D와 그의 가족은 하루아침에 집을

떠나 경기도 장흥의 어느 유원지로 터를 옮겨야만 했다. 아버지가 큰 빚을 뒤집어썼기 때문이다.

도시인의 입장에서 유원지가 집인 사람의 삶은 쉽게 상상하기 어렵다. 누군가는 산과 물을 끼고 있는 집을 보고 부럽다 생각할지도 모른다. 하지만 D는 평일이면 왕복 두 시간 이상을 버스에 갇혀 서울과 경기도를 오가며 등하교해야 했다. 주말의 삶도 버겁기는 마찬가지였다. 유원지는 주말마다 관광객으로 붐볐다. 수많은 사람이 먹고 마시고 노는 걸 보고 자란 그는 "그 경험이 나의 인격 형성과 정체성에 큰 역할을 했나 봐."라고 말했다. 현재 클럽 운영과 이벤트 기획 등을 하는 그는 어렸을 때부터 '판'을 깔아 놓고 사람들과 어울리는 일을 가장 많이 해 온 셈이다.

◇

당시 D의 아버지는 유원지에서 '이사'로 불렸는데, 서울의 거의 모든 금융 회사의 야유회를 유치했다. 4년이 지나자 유원지의 사장은 이제 D의 아버지가 없어도 되겠다고 생각했다. D의 가족은 쫓겨났고, 그의 아버지는 유원지에서 약 3킬로미터 떨어진 노지를 임대 계약했다. "그 땅 주인이 80대 할아버지셨는데, 어차피 죽은 땅이니까 그냥 마음대로 쓰라고 하셨대."

D의 아버지는 산을 밀고 그 자리에 운동장을 만들었다. 바로 앞 계곡에는 사람들이 쉴 수 있는 공간도 만들었다. 나도 고등학생 시절 이곳에 가본 적이 있다. 운동장이 두 개나 있었고, 그 위를 닭과 개들이 뛰어다녔다. 한쪽에는 조리실과 술 창고가 있고, 다른 한쪽에는 손님들이 식사를 하는 방이 여러 개 있었다. 나와 친구들도 고기를 구워 먹고 노래를 부르며 놀았다.

D의 아버지가 직접 일군 이 유원지는 입장료만 내면 들어갈 수 있었다. 입장료는 자동차 한 대당 5000원, 큰 차는 1만원. 여름이면 주말에만 300대가 넘는 차가 이곳을 찾았다고 한다. D의 어머니는 닭과 오리를 잡아 요리했고, 그와 그의 동생은 막걸리와 도토리묵을 날랐다. 그런데 이번에도 D의 가족은 하루아침에 쫓겨났다. 유산을 물려받은 땅 주인 자녀들이 계약 종료를 통보한 것이다. 당장 갈 곳이 없었던 그들은 유원지 근처 보육원 안에 비닐하우스를 치고 살았다. 1년 후에는 경기도 송추 무두리에 집을 하나 얻었다. D의 어머니는 복어 요리 자격증을 취득해 장사를 시작했다. 그런데 얼마 지나지 않아 그의 가족은 또 집을 빼앗겼다.

"1998년 여름이었어. 친구 집에서 자고 있는데 전화가
왔어. 빨리 TV를 켜 보래. 폭우가 내려서 파주랑 송추
가 난리가 난 거야."

D가 교통이 통제된 도로를 따라 세 시간이나 걸어 집에 도
착했을 때, 이미 집은 사라져 있었다. "집이 무너지면 무너진
정도에 따라서 '완파', '반파'라고 해. 그런데 우리 집은 숟가락
하나 안 남기고 그냥 없어졌어." 그렇게 터전을 잃은 그의 가족
은 방학이라 비어 있던 송추초등학교 6학년 2반 교실과 주변
군부대 관사에 살며 다시 새 지붕을 일구었다.
　하지만 다음 해 여름, 집중 호우로 D네는 또 수해 피해를
입었다. 이번엔 다행히 반파 정도에 그쳤는데 그는 차라리 완
파가 나았을지도 모르겠다 말했다.

"그 집을 고쳐 계속 살았는데, 1년 후에 집이 또 물에 잠
겼거든. 아버지랑 술을 마시고 있었는데, 집 안으로 물
이 밀려 들어오면서 상이 물에 뜨더라고. 허둥지둥하기
보다 그냥 그 채로 술을 더 마시다가 밖으로 나갔어. 친
한 스님이 '무소유를 이렇게 직접 체험하는 사람이 없

으니 좋은 일로 받아들이세요.'라고 하시더라."

이후 D의 가족은 수해 보상금에 돈을 보태 송추에 지어진 아파트 한 채를 빌려 들어갔고, 2019년에 그 아파트를 매입했다. 현재 어머니와 누나, 매형, 조카가 함께 살고 있다. "처음에는 독립하고 싶은 마음도 있었지. 대중교통으로 출퇴근하면 왕복 세 시간인데, 처음에는 왜 이 고생을 하나 싶었어. 시간이 지나면서 그 시간에 책을 읽거나 글을 쓰게 되더라. 오히려 알차게 보내는 것 같아."

◇

D에게 송추는 일하는 시간과 일하지 않는 시간을 구분해주는 공간이 되었다. 그는 종종 집 근처 산 중턱에 올라 커피를 마시거나, 공터에서 고기 굽는 사진을 단체 카톡방에 올리곤 한다. 그러면서 '직업상 시끄럽게 살 수밖에 없는 나에게 송추는 너무 좋은 곳이야'라고 덧붙인다.

이런 이유로 D는 '서울에 집을 마련하는 일'을 계획하지 않고 있다. 공들여 일군 집에서 그의 가족들은 이유가 무엇이든 쫓겨나야 했다. 그런 일이 계속 반복되었다. 인생의 목표 중 하나가 '집'인 사람이 대부분이지만, 일련의 일을 겪은 그에게 집은 그저 잠시 머무는 곳 그 이상 그 이하도 아니었다. 그래도 그는 나름 자신만의 꿈의 공간을 그리는 중이다.

"막연한 생각이지만 보육원과 양로원이 함께 있는 게스트 하우스를 만들고 싶어."

어렸을 적부터 보육원 친구들과 어울려 지낸 D는 돈을 벌기 시작한 후로는 직접 보육원을 찾아 아이들에게 고기를 구워 주고 있다. "다 외로운 사람들이야. 보육원에 있는 아이들이랑 양로원에 있는 어르신들도 외롭지만, 그곳에서 봉사 활동하는 사람들도 사실은 외로운 거야. 나는 그런 감정과 에너지가 만나면 좋을 것 같아. 거기에 여행 온 세계 각국의 사람들까지 함께하며 큰 커뮤니티를 만드는 거지." 그런 그에게 나는 "꼭 높은 곳에 땅부터 사라."라고 말해 주었다. D의 게스트 하우스가 누군가에게 뺏기거나 폭우에 사라지는 일 같은 건 없기를 바란다.

"사마……." 아기는 이름을 불러 주는 엄마를 보며 웃는다. 해사한 얼굴의 아기만 보고 있노라면 이 영화는 꼭 아이의 성장기를 담은 '육아 일기' 같다. 그때 어디선가 폭격의 굉음이 들려오고, 아기가 누워 있던 방은 어두워지고, 방 밖에선 사람들이 소리를 지르기 시작한다. 엄마는 아기를 찍던 카메라를 들고 밖으로 나와 아비규환의 현장을 촬영한다. 시리아 내전 한복판에서 아기를 키우며 현장을 기록한 엄마, 와드 알-카팁 시점에서 촬영된 다큐멘터리 〈사마에게〉(2019)는 이처럼 홈 비디오와 전쟁 다큐멘터리 사이를 수시로 오간다.

인간에게 집이란 과연 어떤 의미일까. 우리는 집의 붕괴를 통해 전쟁의 참혹함과 공포를 집적적으로 맞닥뜨리게 된다. 이 영화를 보고 있노라면 내가 사는 집, 내 가족이 있는 집 말고도 다양한 의미의 집이 존재하고 또 필요하다는 사실을 알게 된다. 친구들을 만나 어울려 놀던 학교, 우리의 생명을 지켜 주던 병원 모두 집이 된다.

이것들이 무너진다면 인간은 어떻게 살아가야 할까. 시리아 정부군이 병원만은 폭격하지 않을 거라 믿었던 사람들은 병원이 무너지자 힘을 합쳐 새로운 병원을 만든다. 알레포의 어른들은 건물 지하에 교실을 만들고 아이들을 가르친다. 사람들은 집이 무너질 때마다 새로운 집을 만들지만, 곧 무너질지도 모른다는 공포를 떨칠 수는 없다.

의사인 사마의 아빠 함자는 새 병원에서 20여 일 만에 890건의 수술을 하고 6,000명이 넘는 환자를 만난다. 이곳을 만들지 않았다면 그들은 모두 눈을 감았을 거다. 사마의 가족은 이 병원 한쪽 구석에 모래주머니로 벽을 쌓아 방을 만들고, 그림들을 벽에 걸어 모래주머니를 감추려고 노력한다. 건물 밖에서는 총소리와 폭격의 굉음이 들리지만, 사마는 자신을 위한 아늑한 공간을 만들어 주고 싶었던 부모의 마음을 모두 이해했다는 듯이 미소로 대답한다.

주로 병원을 비추는 카메라는 천진난만하게 웃는 사마의 얼굴과 먼지를 뒤집어쓴 채 피를 흘리며 죽어 가는 아이들의 모습을 종종 한 컷에 담곤 한다. 포탄이 비 오듯 쏟아지는 전장인 이곳에서는 사마도 결국 그 아이들처럼 죽을 수 있다. 감독이자 주인공인 사마의 엄마는 폭탄에 맞아 사망한 고아의 시체를 보며 '아이를 자기 손으로 묻기 전에 세상을 떠난 엄마들'이 부럽다고 말한다. 아이러니하게도 전쟁 속 인간은 그러한 비극까지 부러워하게 된다.

'사마'란 이름은 '하늘'을 뜻한다. 사마의 엄마는 '폭격과 공습이 없는 아름다운 하늘'을 바라는 마음으로 아이의 이름을 지었다. 인간에게는 그런 하늘을 지붕 삼을 수 있는 집이 반드시 필요하다. 사마의 가족도 아이의 이름처럼 맑은 하늘을 찾아 알레포를 떠난다. 마지막으로 사마의 엄마는 가족과 행복하게 살았던 집을 방문해 작은 화분 하나를 손에 쥔다. 다시 이 집에 돌아오지 않겠다 말하며, '새로운 곳에 가서 키울 것'을 다짐한다. 삶의 터전을 뺏겼다는 슬픔보다는 새로운 삶의 의지가 느껴지는 장면이다.

지난 2018년 제주도로 들어온 500명의 예멘 난민들, 그 이전에 유럽 각지로 흩어진 시리아 난민들 또한 그와 같은 마음으로 '당신들의 집'을 나왔을 것이다. 지금쯤 그들이 반듯한 집은 아니더라도 새로운 터전에서 새집을 위한 주춧돌을 쌓았기를 간절히 기도한다. 허물어진 벽을 그림으로 가려서라도 집을 만들 수 있다면 얼마든지 다시 살아갈 수 있을 테니까.

의지와 욕망,
그 사이 어딘가에서의 기록

오피스텔에서 자취를 시작하고, 내 명의의 어머니 집을 산 뒤로 벌써 3년 가까운 시간이 지났다. 나는 최근 갖고 있던 32인치 TV를 사촌 동생에게 주고 55인치 스마트 TV를 구매했다. 최적의 사운드를 즐기고 싶은 마음에 사운드바도 살까 하다가 블루투스 헤드셋을 구입했다. TV를 시작으로 2년간 자취를 하며 썼던 물건들을 하나씩 바꿨다. 친한 선배 집에서 가져온 작은 이케아 소파를 조금 더 크고 푹신한 것으로 바꿨다. 대형 마트에서 싸게 샀던 계란말이 팬과 웍은 여기저기 코팅이 벗겨져 새로 바꿨다. 관리만 잘하면 평생 쓸 수 있다는 무쇠 웍이다. 그리고 캠핑을 시작했다. 당연히 텐트부터 '감성템'으로 각광 받는 랜턴까지 여러 장비를 구입했다. 이러다가 캠핑 장비 싣겠다고 차까지 SUV로 바꾸는 게 아닌지 모르겠다.

이런저런 물건들을 사고 바꾸는 나를 보면서 이래도 되나 싶은 순간이 찾아올 때도 있다. 누군가는 분명 '언제까지 월세 내고 살 생각이냐' 하고 물을 것이다. 나는 단지 더 좋고 더 편한, 필요한 물건을 새로 산 것뿐이지만, 세상은 월세 내는 사람의 소비를 사치로 여긴다. "빨리 돈 모아서 월세에서 전세로 옮겨 갈 생각을 해야지!" 틀린 말은 아니지만, 어차피 월세에서 벗어나려면 돈을 모을 수 있을 만큼의 (조금 긴) 시간이 필요하다. 만약 내가 몇억 단위의 대출을 받아 아파트에 살면서 대출금을 갚고 이자를 내고 있다면 이야기가 달라졌을까. '빨리 대출금부터 갚을 생각을 해야지!' 같은 유의 잔소리를 듣지 않았을까.

물론 아파트를 사느라 빌린 대출금을 갚으면 아파트라는 큰 재산이 남지만 월세 세입자가 매달 월세를 내고 나면 남는 건 없다. 나처럼 월세를 살면서 빌라 대출금까지 갚고, 사고 싶은 것, 갖고 싶은 것까지 사면 정말 남는 게 없다. 그렇지만 나는 내 나이 마흔에 할 수 있는 걸 포기하지 않고 모두 해 보고 싶었다. 대출의 덫에서 탈출하고 월세 생활이 끝나는 날까지 모든 걸 '보류'하며 살고 싶지는 않았다.

◇

나이 마흔이 되도록 집을 나오지 않은 것도, 어머니에게 안정된 보금자리를 만들어 드리지 못했던 것도 사실은 '보류'의 문제였다. 부동산의 세계는 돈이 돈을 버는 구조다. 그걸 잘 알면서도 일찍부터 준비하지 못했던 것은 집을 살 돈이 없지만 대출에 엮이는 게 무섭고 싫었으며, 독립을 원했지만 기회가 될 때 나가면 될 일이라고 생각했고, 2년마다 이사 다니는 게 귀찮아도 어쩔 수 없는 일이라고 단념했기 때문이다. 그냥 나중에 알아보지 뭐, 나중에 하면 되지 뭐. 그렇게 미루기만 하다가 결국 시간만 흘렀다.

더 좋은 집을 꿈꾸는 것, 더 나은 자기만의 공간을 갖는 것 모두 의지가 있어야 가능한 일이었다. 6개월에 걸친 경험을 통해 내가 깨달은 건 새로운 '욕망'이었다. 미래를 향한 욕망과 현재에 충족하고 싶은 욕망 사이에서 나는 매일 저울질하는 중이다. 돈이 좀 더 모이면 더 넓은 오피스텔로 이사하고 싶으면서도, 더 좋은 화질로 영화를 보기 위해 TV 사는 일을 포기하지 않는 것. 비록 그 일이 소비 지향적인 일일지라도 그저 미루기만 하면서 버티고 살았던 나에게는 꽤 큰 변화다. 이 책은 그 변화의 시작점에 대한 기록이다. 만약 내가 20년 후에도 지금처럼 살고 있다면……, 이 책은 더 의미 있는 기록이 될 것 같다. 부디 그때는 대출금을 모두 갚았기를 바란다.

《생애최초주택구입 표류기》가 제7회 브런치북 출판 프로젝트 대상작으로 선정되자 수많은 사람이 브런치를 찾았다. 몇몇 분들은 댓글도 달아 주었다. 그 가운데는 나처럼 미래와 현재 사이에서 줄타기를 하며 고민 중이라는 분도, 나의 바람대로 나의 글로 공감과 위로를 받았다는 분도 있었다.

구산동에 있는 투룸 빌라를 구입한 어떤 독자분은 "사회 초년생이라 집 매매에 대한 개념조차 없었는데, 이 글을 먼저 읽었다면 미리 마음의 준비라도 했을 텐데 아쉬움이 드네요."라는 후기를 남겨 주셨다. 내가 집을 사야겠다고 마음 먹었을 때도 마찬가지였다. 내 사정에 맞는 현실적인 고민들을 정리한 글이 어디에도 없어 고민하다 이 글을 쓰게 된 거였다.

또 다른 사회 초년생 독자분이 달아 주신 댓글은 마음이 아팠다. "미래에 대한 계획을 세우면서 부모님 주거 걱정에 가장 먼저 눈앞이 막막해집니다. 그러다가도 월급 꼬박꼬박 받고 적당히 돈 모으면서, 하고 싶은 걸 하고 살면 집이 없어도 행복하게 살 수 있을 거라 낙관(합리화)하기도 하고요. 지금의 행복을 추구하느냐, 미래의 내 자식을 위해 조금만 더 허리띠를 조여 매고 사느냐가 인생 최대 고민인 것 같습니다. (……) 작가님도 그 결정을 위해 얼마나 많이 고민하고 또 마음 아파 했을지 생생하게 느껴졌습니다."

나 역시 내 자식에게 도움은 주지 못할망정 걸림돌이 되고 싶지는 않았다. "네가 번 돈은 모두 너를 위해 써라."라고 당당하게 말하기 위해 뒤늦게라도 내 집에 대한 고민을 시작한 거였다. 부모의 불안정한 주거는 자식까지 불안하게 만든다. 나는 정말 그러고 싶지 않았다.

자신도 큰 대출을 받아 생애최초주택을 구입했다는 독자분은 "동네를 바라보는 시선이 바뀌었다는 부분에서 가장 공감했다."라며 "내가 앞으로 쭉 살아갈 집이니까 집값이 오르고 떨어지고는 중요하지 않을 거라고 생각했는데, 정작 살기 시작하니 주변에 어떤 것이 생기는지, 이것으로 인해 집의 가치가 어떻게 바뀔지를 생각하게 되었다."는 댓글을 적어 주셨다.

집을 사는 일이 그만큼 인생을 뒤흔드는 사건이기 때문이다.

◇

영화 전문 기자로 6년, 패션지 피처 에디터로 1년, 온라인 뉴스 에디터로 약 6년을 보냈지만 '부동산 에세이'로 첫 책을 내게 될 줄은 몰랐다. 하지만 책 출간의 기회가 인생에 단 한 번만 주어진다면, 그때도 여지없이 집에 대한 고민을 담은 이 책을 출간할 것이다. 나의 책이 더 많은 사람에게 도움을 주었으면 좋겠다.

이 글이 책으로 엮여 나오는 데 큰 도움을 준 카카오 브런치 팀과 북라이프 출판사에 감사를 전한다. 나의 작은 오피스텔에 올 때마다 잘 먹고 잘 자는 덕분에 좋은 집을 정말 잘 구했구나, 생각하게 하는 여자 친구 J에게도 감사와 사랑을 전한다. 내가 이런 선택을 할 수 있게 도와준 누나와 매형, 조카에게도 고마운 마음이 크다. 그리고 내가 선택한 집에서 큰 아쉬움 없이 살고 계신 어머니에게도 감사하다.

이제는 당신이 좀 더 행복하기를 바랄 뿐이다.